三流貴女拚轉運

下

文創 風 1069

夏言 著

目錄

第十五章

蘇宜思陪著周氏回屋後，就扶著周氏在榻上躺下了。

周氏的身子還沒好索利，又坐了許久的馬車，早就累了。

「委屈妳了，孩子。妳那個叔祖母和姑姑向來就是如此，她們的話妳莫要放在心上。」周氏寬慰蘇宜思。

因著與女兒相似的長相，周氏也不想看到這個小姑娘難過。

「祖母放心，我沒有放在心上。」蘇宜思說的是真話。若是被親近的人傷了心，自然是會難過的，可若不是親近的人，即便是被攻擊，她也不會當回事，尤其是二房這樣的人。

周氏欣慰的拍了拍蘇宜思的手。

其實，她剛剛發火也不光是為了面前的這個小姑娘，還因為別的事情。

二房竟然私底下與謙王妃的娘家訂親了，二房的少爺將要娶謙王妃的親妹妹。他們國公府雖說也有親近的皇子，但卻不會過多參與這些黨爭。

二房這麼做，就是把立場擺在明面上。

當國公府得知的時候，他們雙方已經在私底下商議好了。雖然還沒過禮，但也是板上釘釘的事情了，這時候再反悔，只會讓局面變得更難看，所以，這門親事是注定要結了。

他們國公府能做的，便是儘量擺明立場。

兩個人說著說著，周氏突然道：「容樂縣主妳是見過幾回的，妳覺得那姑娘如何？」

聽到這個名字，蘇宜思心裡咯噔一下。

「嗯？」見蘇宜思久久沒答，周氏再次問道。

蘇宜思連忙收斂起心中的思緒，琢磨了一下，道：「容樂縣主人極好，性格溫和，人也知書達禮。」

周氏笑著點頭。「嗯，我也是覺得如此。那小姑娘，跟她母親是不一樣的，性格平和，我見了一回就很是喜歡。」

聽著周氏對容樂縣主的評價，蘇宜思攥緊了帕子。祖母這是想要為父親相看容樂縣主了吧？

緊接著，就聽周氏說道：「妳覺得妳三叔會喜歡容樂縣主這樣的姑娘嗎？」

果然，怕什麼、來什麼，蘇宜思猜對了。

「容樂縣主的確很好……可依我對三叔的了解，他怕是不喜歡這樣的姑娘。」

周氏沒想到蘇宜思會這麼說，微微蹙眉，很快，又撫平了眉頭。

「我知道，他肯定喜歡那種性子張揚的、潑辣的。但那種姑娘，我是不喜歡的，太過吵鬧，恐怕弄得家宅不寧。」

蘇宜思道：「三叔說不定也不喜歡這樣的。」

「那妳覺得他喜歡什麼樣的？」

「我覺得，三叔可能喜歡那種嬌柔的姑娘，愛讀書，性子柔和。」

周氏笑了，搖了搖頭。「不可能的，他最討厭那種姑娘。他小時候只要見著那種姑娘，躲得比誰都遠。」

蘇宜思蹙了蹙眉。她很想說，她爹喜歡的就是現在住在隔壁的楊姑娘。可是，瞧著她爹最近的表現，她不敢說，她怕說出來之後，她爹更加排斥。而且，國公府也沒有與尚書府結親的意思，這事不能貿然說出來。

「罷了，妳一個未出閣的姑娘，跟妳說這些做什麼。妳今日也累了，且回去歇著吧。」

蘇宜思還想說什麼，但看周氏臉上的疲憊，便沒再說。

晚上，蘇宜思把這件事情告訴蘇顯武，蘇顯武沒什麼反應，只說知道了。

接下來幾日，蘇宜思都在周氏耳邊暗示她爹不喜歡容樂縣主那樣的性子，可即便是說了許多，周氏仍舊沒在意。

又過了幾日，周氏與昭陽公主那邊說定了，約好在法源寺見面。

蘇宜思得知消息，提前告訴了蘇顯武。

等到要去寺中那日，蘇顯武雖說護送周氏去了，可中途卻自己跑了。昭陽公主的臉色自然不好看，連帶著周氏也很是沒臉。

從寺中回來，周氏發了好大的火。

然後，眾目睽睽之下，周氏氣得暈了過去。

周氏倒下去的那一瞬間，蘇宜思嚇得魂都快沒了。

「祖母！」

「母親！」

不多時，蘇顯武騎著快馬把太醫帶來了。

雖說太醫說周氏無礙，只是太過生氣才會暈倒，靜養幾日就好，可蘇宜思仍舊難受得不行。

周氏之所以會這樣，跟她脫不了關係。是她幫著爹爹逃避婚事，祖母才會如此的。

同樣內疚的，還有蘇顯武。

晚上，安國公和世子也趕過來了。

這回不用安國公打他，蘇顯武就道：「娘，您跟昭陽公主說吧，下一次兒子一定去，絕不會再推脫。」

安國公聽後，抬腳踢了兒子一下，怒斥。「你早這樣，你娘能被你氣成這樣？」

蘇顯武重新跪好。「是兒子的錯。」

蘇宜思看著面前的情形，心裡生出濃濃的無力感。難道，她真的改變不了任何事情嗎？

這一刻，她突然有些明白爹當年為何會娶容樂縣主了。若是她沒來，那麼祖母的病就不會好，祖母在床上躺了數月，爹爹為了寬祖母的心，年後就與容樂縣主訂親，祖母的病也漸漸好了。

後來，漠北動亂，爹爹去了漠北，再後來，爹爹與容樂縣主和離了。

如今，祖母又再次病了，這次單純是因為爹爹的親事。想必，之後爹爹也會答應祖母的要求。

歷史再次重演。

接下來幾日，蘇宜思變得異常沈默，每日默默守在周氏床邊，一個字都不說。

隨後，她聽說了二房與謙王妃娘家訂親的事，國公府與謙王的關係又近了一步。一切，都跟她沒來時一樣。

周氏病好了些時，讓人給昭陽公主府備了一份厚禮。除了賠禮道歉，還想著再約日子。不過，這回周氏慎重許多，她打算先找人算算好日子，再安排下一次見面。

蘇宜思聽著這些事情，整個人都有些渾渾噩噩的。

傍晚，蘇宜思坐在閣樓裡看著天邊。

日升日落，不會因為任何一個人而改變，天總是會暗下來的。

蘇顯武遠遠就瞧見蘇宜思坐在閣樓的窗戶旁，望著窗外發呆。瞧著她臉上的神情，他突然覺得心裡一緊，連忙快步上了閣樓。

「雖說馬上開春了，可這閣樓上的風大得很，莫要在這裡站太久。」

蘇宜思回頭看了他一眼。

此刻，年輕的爹爹與年老的爹爹彷彿重合了。

此時的爹爹真好啊，活得很鮮活，無論發生何事，他的眼神裡總是會有光的。她有些記不起年老的爹爹究竟是何等模樣了，只記得，於無人時，她曾見過爹爹望著北方發呆，眼裡是年幼的她看不懂的哀傷。

「爹。」

蘇顯武抬手揉揉她的頭髮，笑著說：「妳祖母不是好了嗎，妳怎麼還是這樣的神情？」

蘇宜思沒回答這個問題，而是道：「爹爹真的相信我是您的女兒嗎？」

蘇顯武微微皺眉。

「怕是不信的吧。若是信了，自然會信娘是您的妻子，若是信了，自然不會日日與謙王在一起，而應該去親近瑾王。」蘇宜思緩緩道。

蘇顯武沈默了許久，方道：「說實話，我相信妳是我的女兒，但，我不相信妳後面說的兩件事情。喜不喜歡一個人，心裡的感覺不會騙人，而我與修遠多年的情誼，也不會因為誰會當上皇帝而改變。」

聽到這個解釋，蘇宜思的眼淚一下子流了出來。很快，她自己擦了擦眼淚，問：「那您為何會同意見容樂縣主？您不是也不喜歡她嗎？」

蘇顯武平靜的道：「容樂縣主是妳祖母相中的，又與咱們國公府家世相當，不失為一個好選擇。」

「母親也是個好姑娘，家世也相當，爹怎麼從來不考慮母親？」蘇宜思反問。

蘇顯武皺眉，沒講話。

他說不出對楊姑娘究竟是什麼感覺。說討厭吧，又沒那麼討厭；說喜歡吧，又不可能，想到她，他心裡就有說不出的煩躁。

「妳別亂說，毀了人家姑娘的清譽。」

蘇宜思聽後，火氣上來了，剛剛悲傷的情緒一掃而空。「怎麼提起娘就是毀了清譽，說容樂縣主就不是？」

蘇顯武見面前的小騙子又不冷靜了，說道：「容樂縣主自小在京城長大，我雖與她接觸不多，但聽修遠說，她是個好姑娘。我與楊姑娘沒見過幾次，對她並不了解。」

修遠……修遠……又是謙王！

「沒見過幾次，不了解，那多見幾次，了解了解不就是了。」
蘇顯武本能的皺了皺眉。
「爹爹見過容樂縣主嗎？」
「見過幾次。」
「說過話嗎？」
「小時候好像說過，長大後沒說過。」
「這樣說來，爹爹對容樂縣主的了解，還不如對母親多。」
蘇顯武發現自己說不過小騙子，索性不再講。
「或許容樂縣主並不像爹爹以為的那樣，或許她並不適合爹爹，爹怎麼能僅憑謙王的話就斷定她適合您呢？」
蘇顯武差點就被說服了。但，修遠的人品他是信得過的，他說出來的話分量自然與旁人不同。可這些話，他不敢跟小騙子講，他怕講了之後，小騙子會更生氣。
果然如溫兄所言，不能跟姑娘家講道理，怎麼都說不過的。
「天色不早了，吃飯去吧。」蘇顯武生硬的轉移話題。
不多時，二人來到正院。
蘇嫣瞧著二人臉上的神情，嘴角露出詭異的笑。

周氏這幾日病好得差不多了，但，安國公還是每日都過來陪著。京城的安國公府，有世子和世子夫人守著。

國公府沒有食不言的規矩，吃著飯，大家便說起話來。二房的幾人已經離開了這裡，回京城準備自家府中與謙王妃娘家訂親的事情，這一桌都是他們自家人，說起話來倒也方便。

說著說著，蘇嫣就狀似無意的說道：「剛剛我怎麼瞧三哥與思思在閣樓上吵起來了？」她雖然聽不到他們說了什麼，但能從他們的肢體動作和神色判斷，他們似乎起了爭執；而且，他們二人下來時，也是前後腳，互不搭理。

聽到這話，周氏和安國公都看向他們二人。

蘇顯武快速瞥了蘇宜思一眼，道：「哪有，我跟大姪女好著呢，二妹妹看錯了。」

蘇嫣其實並沒想過要聽到什麼答案，聽後，笑著說：「我也覺得是我看錯了，三哥跟思思關係那麼好，又怎麼會吵架呢。」

「對，我們沒吵。」蘇顯武道。

「說起來三叔和思思關係可真好啊。我雖與思思差不多大，可思思卻不怎麼與我說話，倒是跟三叔說得多呢。」蘇嫣又繼續道。

蘇宜思聽到這話皺了皺眉，她感覺，蘇嫣似是話裡有話。

接著，她就聽到蘇嫣起這話頭的真正目的。

「母親去法緣寺前一日，我聽到思思與三哥講母親要去見昭陽公主和容樂縣主。我與容樂縣主關係那麼好，若是早知道是去見縣主，說什麼都要跟母親一起去的。可惜啊，思思沒跟我講。」

這話一出，屋內頓時靜了下來。

只見周氏臉上像是罩上了一層寒光，她慢慢把筷子放在了一旁，靜靜看著蘇宜思。

蘇顯武瞪了一眼蘇嫣。他這個妹妹甚是討厭，明知道母親剛因為此事被氣病了，竟然還在母親面前說這樣的事。他連忙起身跪在地上，認錯。「娘，此事是兒子所為，是我逼著思思告訴我的。」

「從前那幾次也是嗎？」

「是！」

「我沒問你，我問的是思思。」

蘇宜思深深吸了一口氣，跪在了地上。「是。」

蘇嫣瞧著嫡母的神色，高興極了，忍住笑意，道：「怪不得母親讓三哥去相看姑娘，每次三哥都能提前逃掉，沒想到是因為有人給他做內應啊。思思，不是我說妳，妳明知道母親重視三哥的親事，怎麼還能做這樣的事情呢？這不是故意氣母親嗎？」

「娘，這事跟思思無關，都是兒子逼她的，您若是怪的話就怪我吧，別怪她。」

周氏沒講話。

「兒子已經答應您了，下一次絕對不會跑的，從前的事情就算了吧。」蘇顯武說完，連忙給他爹遞眼色。

安國公雖然也對兒子的行為不滿，但妻子的病情他是知道的，怕氣，所以，不得不順著兒子的話說道：「是啊，兒子已經知道錯了，他以後再也不敢了。」

「對，兒子不敢了。」

見妻子還盯著跪在地上的小姑娘，安國公又道：「想必思思也知道自己錯了，不會再幹這樣的事情了。是吧，思思？」

蘇宜思沒講話。

周氏收回目光，再次拿起筷子，靜靜道：「吃飯吧。」

蘇宜思看著周氏的反應，心裡難過得不行。她最是瞭解祖母，祖母定然對她失望極了，才會如此，之所以沒當眾表現出來，是在給她面子。

祖母還是心疼她的。

想到最近發生的事情，再想到剛剛與爹爹的談話，電光石火之間，蘇宜思有個想法。

「祖母，我有一事想跟您說。」

「先吃飯，吃完飯再說。」

「我想現在說。」她不想祖母把氣憋在心裡，這樣對身體不好。

周氏沈著臉，喝了一口粥，嚥了下去。

「罷了，妳說吧。」

「我想單獨跟您說。」

「思思，有什麼話是我們不能聽的——」蘇嫣在一旁道。

她的話還沒說完，就見周氏已經起身了。

蘇嫣冷哼了一聲。這個孤女，慣會哄嫡母，犯了這麼大的錯，嫡母都不曾說她一句，可真是不公平！自己不過犯些小錯，就要禁足。

也不知她私下會跟嫡母說些什麼。不過，想到她犯的錯，蘇嫣覺得，以嫡母的性情，肯定不能輕易原諒她。

等到了裡間，蘇宜思直截了當，道了一句。「我之所以幫三叔，是因為三叔已經有喜歡的姑娘了。」

周氏正捏著眉頭，聽到這話，頓時怔住了。她兒子，有喜歡的人了？

周氏從這個令人震驚的消息中回過神來，問：「可是那姑娘……出身不好？」

要不，兒子怎麼不說出來呢。

「是禮部尚書楊大人府上嫡出的姑娘。」

聽到這個答案，周氏心中的陰霾一掃而空。

看著祖母臉上的笑，蘇宜思鬆了一口氣。

爹爹不是打算要成親了嗎，既然他誰都不喜歡、誰都行，那為何不能是母親呢？

他想做個孝子，那就讓祖母給他施壓，反正他態度已經很堅決了，就是要聽祖母的話。祖母能讓爹爹先去相看姑娘，那也是顧及爹爹的意願。所以，她告訴祖母爹爹有了喜歡的人，祖母定然會成全爹爹。而爹爹聽從祖母的話，就不可能提出反對意見。

說出來後，蘇宜思突然覺得眼前的一切都明朗起來了。她爹不聽她的，那她就想別的辦法，讓他無法拒絕！

「真的嗎？他喜歡禮部尚書府的姑娘？」周氏儘量克制，才沒讓自己笑出聲。

小兒子二十五了，終於有喜歡的姑娘了，而且，那姑娘身分還挺合適。

「其實……是我自己猜的。」蘇宜思又改了說辭。

她是要把事情全都說出來，但，也不能說得太絕對，她得讓祖母推他一把。

周氏皺眉。「妳這話是何意？」

「三叔自己可能還沒發現。」蘇宜思道。她一直覺得，父親是喜歡母親的，只不過他自己不承認罷了。

周氏琢磨了一下，朝著蘇宜思招了招手，道：「好孩子，妳過來，坐下，快告訴祖母，妳到底知道什麼。」

「我來到京城之後，常聽三叔提起楊姑娘。」

「哦？他會主動提楊姑娘？他都說了什麼？」

「就是去年冬天，三叔給我買糖葫蘆那次，他給楊姑娘一串糖葫蘆，結果人家沒要，三叔就有些不高興。」

周氏眼中的興味越發濃了。「喲，他還會主動送姑娘東西呀。」

「還有，就是年前咱們宴席之前，三叔帶我出去玩，遇到了楊姑娘。楊姑娘當時正在買首飾，三叔抓到了偷楊姑娘荷包的小偷，覺得楊姑娘太不小心了，就說了她幾句，話說得很不好聽，讓人家姑娘哭著跑了。」

周氏先是笑著，又皺了皺眉。「這孩子，嘴巴就是毒，不會說話！明明喜歡人家姑娘，還說這樣的話，活該他找不著媳婦。」

蘇宜思聽著周氏的話，安心了。

「真的喜歡嗎？我一開始還以為三叔討厭人家，直到後來三叔找我幫忙推了相看一事，我才這樣猜。」

「妳這孩子，還是不懂妳三叔。他要是不喜歡人家，怎麼可能主動給人家糖葫蘆？他長這麼大，我還沒見過他主動給哪個姑娘送東西。若是不喜歡，又怎會多管閒事抓小偷，事後還去教訓人家姑娘，那就是太過關心了，關心則亂。」

蘇宜思眼珠子轉了轉，又道：「哦，原來是這樣啊，還是祖母瞭解三叔。頭一回，人家姑娘沒要糖葫蘆，三叔就在背後說人家矯情。後來幫人家抓小偷，人家哭著跑了，還說人家不領情。我還以為三叔討厭楊姑娘呢。」

周氏冷哼一聲。「哼，他就是個蠢的！明明看上人家姑娘了，卻死不承認。指望他追姑娘，人家姑娘早就嫁給旁人了！」

蘇宜思想，祖母說得太對了！後來不就是如此嗎？

「其實……還有一事，我不知當講不當講。」

「妳快說。」

「祖母可千萬別告訴旁人，我怕毀了人家姑娘家的清譽，三叔剛剛與我就是因為這事在閣樓上吵了一架。」

「哦？何事？」

「那日我與三叔一起去爬山，我累了在半道上休息，三叔一個人上山去了。」

「他這孩子，也太不小心了，哪能把妳丟在半途。」

「過了沒多久，我就看到三叔揹著楊姑娘下山了。」

也就是因為這事，蘇宜思才覺得她爹喜歡母親。

聽到這話，周氏眼睛越發亮了。她生的兒子她知道，兒子肯定喜歡那位楊姑娘無疑了，她兒子何時是個憐香惜玉的人了。

「若說我剛剛還有些拿不定，妳說了這事，我就能肯定了，妳三叔定然喜歡人家。」

話說到這裡，蘇宜思反倒是沒那麼肯定了。她瞧著祖母自信的樣子，心中想，是不是自己還不夠了解爹爹？她只覺得爹爹可能有些喜歡了，但卻沒祖母說的那麼肯定。

「不過三叔揹著楊姑娘下山後，說話可不怎麼好聽，說話的語氣像是教訓人一樣，楊姑娘又哭了一回。」蘇宜思道。

周氏道：「我怎麼就生了一個這麼蠢的東西！明明心裡有那姑娘，卻還這麼對人家，真像是石頭縫裡蹦出來的，又冷又硬。」

這話蘇宜思不好答。

「還是得我出馬幫幫他。」周氏最終下了結論。

話說到這裡，蘇宜思徹底放心了，有祖母出馬，她就不信這親事成不了。

「我剛剛私下問三叔，是不是喜歡楊姑娘，三叔沒承認，還生氣了，跟我吵了幾回。您說，他是不是不喜歡楊姑娘啊，是我猜錯了？」

「不會錯的，相信祖母。」

「那祖母可別點破了，我怕三叔又不承認。」

周氏拍了拍蘇宜思的手，笑著說：「妳放心。」

既然兒子嘴硬不承認，那她就不問他的意見了，直接給他安排了就是。

祖孫二人互相看了一眼，臉上都露出笑容。

接著，周氏就問起楊氏的事情。

「三叔說長得一般，不過我瞧著長得還行。」蘇宜思道。在蘇宜思心中，母親自然是長得最好看的，但她不能說。長得好看與否，每個人都有自己的標準，她跟祖母的未必一致。若她說長得特別好看，等祖母見了，怕會有落差。

「他的話能信？他嘴裡就沒有一句實話。」周氏道：「性子如何？」

這個蘇宜思可以說。

「說是南邊長大的，說話輕聲細語的，看起來脾氣極好。」

聽到這話，周氏更加確信兒子喜歡人家了。「怪不得他說人家矯情，想來那姑娘也是個溫柔的。他定是嘴上說喜歡爽朗的，那樣的姑娘好是好，但跟他不相配，妳三叔就是個脾氣倔的，萬一兩人打起來可就麻煩了，他就該找個性子溫和的。」

蘇宜思贊同的點頭。

說了一會兒話，周氏已經在心裡把所有的事情都理了一遍，但又覺得現在過了最好的時機了。

「唉，這些事妳早該告訴我的。」

「可三叔不讓我說……」蘇宜思把鍋扔給她爹。

「我就知道！也怪不得妳。」周氏道。

「而且，祖母那日不是說，父親不喜歡那種溫柔的姑娘嗎？」蘇宜思想起那日與周氏的談話。

周氏也想起來了，笑著說：「原來那日妳是暗示我妳三叔喜歡楊姑娘啊。我這也是被妳三叔給騙了，他自己說的不喜歡那樣的姑娘。他慣會嘴上一套，手上一套的。不過，我倒是挺喜歡這種小姑娘的，脾氣好，溫溫柔柔的，好相處。」

聽到這話，蘇宜思笑了。確實，她從沒見過祖母和母親紅過臉。

「祖母，楊家的別苑就在咱們隔壁，您可以親自瞧瞧的。」

周氏眼睛一亮，站了起來。此刻，她恨不得立馬去隔壁見見楊心嵐。不過，此時天色已晚，這時候去不方便。

周氏嘆了口氣，道：「唉，罷了，有得是機會見。走，咱們先去吃飯。」

「好。」

祖孫倆出來時，外頭的人還沒吃完飯。

聽到動靜，全都看了過來。

瞧著這二人如往常一般親密，且兩人臉上都露出愉悅的笑容，眾人都有些摸不著頭腦。縱然這小姑娘把當家主母哄開心了，也不至於這麼快吧。也不知，她們二人究竟說了什麼。

安國公沒想那麼多，只要妻子開心了，不氣了，他就放心了。

「有些菜我怕涼了，讓廚房端去熱了。」說罷，連忙讓嬤嬤去廚房端。

蘇嫣真的要氣死了！這死丫頭明明騙了嫡母，可一盞茶的工夫，嫡母就被她哄好了！憑什麼啊！

蘇顯武看看自家母親，又看看小騙子，總覺得哪裡不太對勁。他知道小騙子很會哄他母親，可他也知道母親有自己的原則，沒那麼好哄。這回的事說大不大，說小也不小，小騙子可能會失去母親對她的信任。可看這樣子，不僅沒失去，還更加親密了些。

到底說了什麼……是不是，他往後也可以用同樣的話來哄母親開心？

一想到這一點，蘇顯武就決定一會兒得好好問問小騙子。不過……他怎麼覺得母親看他的眼神怪怪的。

不多時，熱好的菜再次端上來。

周氏給蘇宜思挾了一筷子栗子雞，笑著說：「這雞燉得極好，妳快嚐嚐。」

「謝謝祖母。」

隨後，就見周氏一直給蘇宜思挾菜。

若不是手中的筷子結實，蘇嫣怕是要折斷了。

「母親，思思之前那樣做，終究是不太妥當吧？說起來，母親這次生病，除了三哥的原因，最主要也是因為她吧。是吧，父親？」蘇嫣穩住心神，整理了一下思路說道。

安國公正欣慰的看著眼前溫馨的場景，聽到這話微微蹙眉。

小女兒說得也是，這小姑娘確實做錯了事，不過，多半是兒子攛掇的，這倒是不好判定誰錯得更多了。

況且，這事他也不便插手。

於是，安國公看向妻子。

周氏心事解決，心情大好，聽到庶女的話，沒生氣，還笑著說：「妥當得很，思思這麼做都是為了她三叔著想。我這病也不是被她氣的，是被她三叔氣的，這事跟她一點關係都沒有。」說著，周氏又給蘇宜思挾了一樣菜。

蘇嫣很氣。

蘇顯武有些開心，又有些吃味，他娘待小騙子比他好啊。果然啊，隔輩親。

安國公見妻子沒有生氣，便不準備追究此事，道：「經過這事顯武也算是長了記性，此事既已過去，便無須再提。」

飯後，蘇顯武追上蘇宜思，想與她單獨談談，如何討好自家母親。

然而，蘇宜思瞥了他一眼，道：「爹，您記性怎麼這麼差了，吃飯前咱們不是剛剛吵過架嗎？您忘了？我可沒忘，我氣還沒消呢。」

說完，肅著一張臉，仰著頭，高傲的離開了。

反正她爹就是塊頑石，說不通的。既然祖母要出馬了，她哪裡還需要與他多費口舌，她只需要靜靜等待結果便是。她想通了，不光這事她不找她爹了，旁的事她也不會再與他講了。

蘇顯武傻在當場。

這走向，他怎麼看不懂了？

小騙子怎麼不再勸他不要去相看了？也不與他說瑾王的好了？她之前不是抓著一切機會來與他說嗎？

第二日一早，周氏恨不得立馬去隔壁院子裡看看，可她忍住了。

她差人過來去打聽了一下隔壁楊姑娘的事情，又把那日與蘇宜思一同去爬山的幾個家奴叫過來，細細問了問。問完，叮囑他們一個字都不能洩漏。

不管親事能不能成，這種事情都不能洩漏出去。

周氏把身邊的嬤嬤叫了過來，讓她去庫房準備些厚禮，送去隔壁。

「就說是給姑娘賠罪的。」說罷，周氏道：「妳親自去。」

「欸，好。」嬤嬤笑著去了。這麼大的事，是得她去。不過，她絕口不提蘇顯武和楊心嵐的事情，只說是聽說楊姑娘腳傷了，過來探望探望。

郭氏覺得有些奇怪，安國公府可是在京城數一數二的權貴，安國公是最受皇上寵愛的臣子，如今的武將以其馬首是瞻，這般地位崇高的府邸，竟然會特意來看望她的女兒。

郭氏讓人把女兒叫了過來。

回去後，周氏連忙把嬤嬤叫了過來。「如何？」

「當真是跟思姑娘說的一樣，那姑娘性子好極了，溫溫柔柔的，知書達禮，一看就極有教養。那長相吧，可不像三爺說的那麼普通，長得可好看了。」

「楊家在南邊也是屹立了幾百年的世家大族，底蘊與旁家不同。」

「恭喜夫人了。」嬤嬤笑著說。

周氏笑得合不攏嘴，雙手合十。「阿彌陀佛，真是上天保佑啊！」

當真是解決了一件她心頭的大事。

很快，衛景那邊也得到了消息。

「蘇家二房與謙王妃的妹妹定了親事，已經開始走禮了。」

對此衛景不置可否。若是國公府與他三嫂家結親，或許還夠看，那二房，不足為懼。

「安國公夫人有意與禮部尚書府結親，聽說，是那位蘇姑娘勸的。」說到後面這句，嚴公公小心翼翼的覷了一眼自家主子的神色。

衛景的臉倏地冷了下來。

「給我盯緊了那邊的動靜！」

「是。」

衛湛想把禮部收入自己懷中？作夢！

「溫元青那邊也給我盯著。」衛景又道。

嚴公公略微有些詫異。既然已經盯著蘇顯武那邊了，為何還要再盯另一人？但瞧著主子的神色，他沒敢多問，去照做了。

第十六章

周氏這回也不著急回京城了。

她日日讓人往隔壁別苑送東西。一開始，隔壁楊家還沒什麼動靜，等送了三日後，郭氏帶著女兒過來了。

若說一次、兩次，還能說是小姑娘們的交情，可這接連數日，她們若是不過來，就說不過去了。畢竟，安國公府勢大，不是他們尚書府能得罪的。

周氏熱情的招待了她們母女倆。

郭氏來到京城見過不少貴人了，這還是第一次受到這般禮遇。

京城中的世家貴族盤根錯節，都有著自己的圈子。他們是南邊來的，沒那麼融入其中。故，旁人雖然對他們客氣，卻也沒那麼熱情。

周氏不光待郭氏熱情，待楊心嵐更是熱情，一直拉著她說話。

很快，蘇顯武也過來了。

蘇顯武沒料到會在府中見著隔壁那位楊姑娘，略感詫異。同時，心中也有一絲說不清楚的情緒。

楊心嵐瞧見蘇顯武，抿了抿唇。兩人對視了一眼，很快又移開視線。

周氏看了一眼楊心嵐，接著便對著郭氏介紹自己的兒子。

「這是我小兒，他從前一直在漠北打仗，去年才剛剛回京。」

安國公府的事情郭氏自然也是聽說過的，一聽這話，便知眼前人的身分了。畢竟是擊退了外敵的年輕將軍，眾人對他的印象還是極好的。

郭氏便笑著誇讚。「竟是那位少年將軍，果然是一表人才，夫人好福氣。」

周氏聽到郭氏誇兒子，自己臉上倒是沒什麼得意的神情，反倒是一臉憂愁。「又有什麼好得意的呢，他今年都二十五了，至今還沒娶妻，我都快要愁白了頭。」

說著，周氏的視線就看向楊心嵐。

郭氏瞧著周氏的眼神，心裡一動，突然明白這位夫人為何待她家這般熱情了。只是，她對安國公府並不瞭解，更是對這位少年將軍不瞭解，她不能貿然接這話。

「是啊，兒女都是父母的債。」郭氏只簡單應了一句。

周氏卻像是沒聽明白郭氏話中之意一般，繼續說起兒子。「他不光沒成親，連個屋裡人都沒有，似他這般大的，孩子都去學堂讀書了。」

這話蘇顯武不知聽了多少遍，耳朵都要長繭了，也早就習慣了。可今日不知怎地，一想到那楊家姑娘就坐在旁邊，心中便突然生出一些尷尬。

他看了一眼垂著頭的楊心嵐，道：「咳，娘，前院還有些事，兒子先去忙了。」

周氏是想觀察兒子對楊姑娘的態度的，自然沒錯過他的眼神。瞧著兒子的反應，周氏笑了。看來，兒子對這姑娘有意思沒錯了。

見兒子走了，周氏看了眼楊心嵐，笑著說：「思思妳是見過的，她此刻應在閣樓幫忙，不如妳去找她玩去。」

正好，有些話楊心嵐也不想聽了。她看了一眼自家母親，見郭氏點頭，便起身離開了。

等楊心嵐走後，有些話就方便說了。

若說剛剛郭氏還有些遲疑，但在聽到周氏說她那小兒子連個屋裡人也沒有時，便來了興趣。

「鎮北將軍想必是日日想著行軍打仗，才耽擱了親事吧？」

聽到郭氏主動提起，周氏笑了。

「可不是嗎？也不怕夫人笑話，五年前，府中本想著給他訂親的，結果他二話不說，爬起來就去了漠北，這一走就是五年。這五年來，一直在打仗。他的心中，除了家國大事，就沒旁的了，可真是愁壞我了。」

這一番話讓郭氏對蘇顯武更加滿意了。

只不過……對方的家世也太好了。他們尚書府雖說也算是高官門第，可若是跟安國公府比，還是不夠看的。女兒若是嫁過去，怕要受委屈。

而且，安國公夫人今日的表現也太突然了些，也不知這裡面是不是有她不知道的隱情。畢竟，鎮北將軍找什麼樣的姑娘找不著，哪怕娶公主也是可以的，怎麼就看上她家姑娘了。

郭氏不想再提，周氏卻不放過這個機會。兒子真的是年紀太大了，這幾年的蹉跎一直是她的心病，她只盼著兒子早些成親才好。

見郭氏只簡單應著，並不怎麼搭她的話，周氏便直截了當說了出來。「不瞞妳說，我是看中心嵐這姑娘了，想要讓她做我兒媳婦，不知夫人意下如何？」

郭氏震驚極了，不可置信的看向周氏。他們文官之家，講話向來含蓄，不像武將這般直接。

頂著周氏炙熱的眼神，郭氏思索了片刻，道：「這……鎮北將軍年輕有為，長得又英俊瀟灑，家世也是上乘，想要嫁給他的姑娘怕是如過江之鯽，我們家實屬高攀了。」

「夫人說笑了，什麼高攀不高攀的，心嵐那孩子這麼好，是我兒子不配了。」

「國公夫人快別這麼說。」

周氏也知郭氏的遲疑，便把底都交了。

「唉，我知夫人覺得我這番舉動突然，實則是深思熟慮，也不瞞夫人，是我家阿武看上心嵐了。」

郭氏更加驚訝了。自己的女兒自己瞭解，女兒從未提起過鎮北將軍。

「我早就聽說心嵐是個好姑娘，可巧的是我家兒子看上了心嵐，無意中見過一面之後便思之甚深。夫人也不必立馬回絕我，不妨先去問問心嵐意下如何。」周氏道。

周氏這番話彷彿話中有話，讓郭氏有些詫異。

「我們家是真心想要求娶的，還望夫人能考慮考慮。」周氏誠摯的說道。

若說郭氏之前顧慮頗多，這會兒聽到了蘇顯武對女兒的上心，反倒是安心了許多。若是那天生反骨，不想成親的少年將軍自己喜歡，國公夫人來求娶，那就合理了。

而且，對方那麼優秀，家世又那麼好，這樣的好女婿，是打著燈籠也找不著的。

郭氏有些心動了。

只不過，這種重要的事情不是她一個人能決定的，她得問問女兒究竟是怎麼回事，還得與夫君商議。所以，她仍舊沒給周氏一個準話。

蘇宜思今日開心極了，她見到了母親，又聽說祖母跟外祖母提了爹娘的親事，一切都朝著好的方向發展。

接下來幾日，各種綾羅綢緞、山珍海味像是不要錢似的送到了隔壁。

這讓郭氏頗有壓力。那日回來她就問過女兒了，可女兒對那少年將軍的印象似乎不佳，這讓她有些為難。

看來，不能再繼續在這邊住下去了，得早些回京才是。回京後，也能跟老爺好好商議一番。

過了三、五日，郭氏和楊心嵐回京去了。

周氏作為當家主母，也不能長時間離開國公府，這邊既然準兒媳走了，她也沒必要再繼續待在這裡，便也回去了。

回去的路上，大家都很開心。

周氏病好了，蘇宜思心病也好了。至於蘇顯武……他發現自家娘親沒再給他安排相親，以為娘親忘了，便也很是開心。

只是過了幾日，蘇宜思就笑不出來了。

她發現，爹爹竟然去幫著謙王做事了。

起因是這樣的，爹爹從漠北回來後，一直沒被授予官職，一方面，爹爹是覺得自己很快就要回去，另一方面，前線的戰事也說不準，便就這樣一直拖著。

瞧著眼下他不會離開，謙王便狀似無意在皇上面前提起此事。

蘇顯武是個年少有為的將軍，治軍、練軍都是一把好手，皇上又怎麼捨得閒置他。這會兒兒子提了，他便順勢給蘇顯武一個官職。

這差事便是在臨京營。京郊一共有四個大營，形成合圍之勢，守護著京城。同時，在京城內也有一支兵，只屬於皇上管轄。但，京郊的四個大營，有兩個卻不是皇上直接管轄。臨京營便是其中之一，京城誰都知道，這是謙王的勢力。這下子，誰都知道蘇顯武是在給謙王練兵。

蘇宜思得知此事時，被氣得差點吐血。

因著上回生爹爹的氣，所以這些時日她一直沒搭理他。本想著親事已經有了著落，沒想到竟然又生出這麼一件大事。

「爹，您不是想著要回漠北嗎？為何現在要急著去臨京營？」

「我這都閒了幾個月，骨頭都快要散了，練練兵挺好的。等哪日皇上准許我回漠北了，我立刻就能走，不耽誤什麼的。」

「那也沒必要去臨京營啊，您可以選別的軍營，我相信皇上一定會准許的。」

「臨京營我覺得也挺好的，離京城最近，方便我回府。而且，我去看過了，那邊的兵確實不太行，比旁的地方都要弱上幾分。」

「那跟您有什麼關係？這些事情自然有皇上操心，有謙王操心。」蘇宜思真的快要急死了。

「我覺得把他們那邊的兵訓練好，挺有成就感的。」

「不會是謙王讓您去的吧？」

蘇顯武沈默了。

蘇宜思氣得快暈過去了。

「我早就跟您說過了，謙王那個人不好，且將來瑾王要登基。他們二人是死對頭，您若是太過親近謙王，將來是要被清算的。不僅是您，咱們整個國公府都要完蛋，您就不能再好好想想嗎？」

蘇顯武轉頭看向蘇宜思，突然道了一句。「妳從前說咱們府沒落了，不會就是衛景搞的的吧？」

蘇宜思抿了抿唇，沒講話。

「真是如此？」

蘇宜思深深的呼出一口氣，攤了牌。「具體是什麼情況，女兒也不知道。但傳聞是因為您站在謙王那邊，所以後來才會被清算。您可想好了，您不光是自己一個人，還有全府上下呢。」

蘇顯武思索了片刻，卻道：「我就說衛景那廝不是好東西，這事確實像他幹出來的。不過，想讓我親近他？他作夢去吧！」

蘇宜思氣得腦殼疼。「好，就算您跟瑾王不對盤，您不想去親近他，那您也別親近謙王行不行？咱們兩邊都不相幫，做個純臣，不好嗎？」

蘇顯武瞧著她生氣的模樣，彈了一下她的腦門。「妳以為妳爹我這麼蠢嗎？我雖是幫著修遠練兵，但真到了冊封太子之後，我是不會摻和的。妳沒看嗎？妳祖父也沒摻和。所以，咱們家不會有事的。」

「既然您不會摻和，那您就別去臨京營了，選個別的軍營吧，這樣才能證明您是真的不會摻和。」

「怕什麼，我就幫幾日忙罷了，且都已經與修遠說好了，不去不行。」

蘇宜思覺得自己早晚得被她爹氣死。她爹怎麼就這麼說不通呢！

行，既如此，她爹不去親近瑾王，她去！憑著皇上對她的喜歡，說不定她去了，還能在他面前說上一些話，救救她爹，救救國公府。

雖是想好了要去見瑾王，可真到了該行動時，蘇宜思卻不知究竟該去哪裡見他。

瑾王尚未開府，進宮的話，應該是最有可能見著瑾王，可最近祖母一直在忙著跟禮部尚書府打交道，已經很久沒入宮了，也沒有入宮的打算。

她可不能攪了爹娘的親事，所以還是要另想辦法。

在這兒，她最熟悉的人是爹爹，可爹爹絕對不會告訴她瑾王的事情的。他不罵瑾王就是好的了，若真知道她的打算，怕是要把她關起來，不讓她出門。

再想想自己認識的人裡，好像只有那個叫九思的男子與瑾王關係比較好了。

那麼問題來了，雖然時常遇見那個叫九思的人，可她該如何找他呢？思來想去，蘇宜思發現，她還是只能找她爹。

過了幾日，等到蘇顯武從臨京營回來，蘇宜思過去找他了。

她早已想好了該怎麼問，便自然開口。「您最近又見謙王了嗎？」

蘇顯武以為小騙子又要與他吵架，說謙王的不是，勸他親近瑾王，便撒了謊。「怎麼可能？修遠是皇子，常常在宮裡，我們二人不常見面的。」

蘇宜思道：「哦，也是，如謙王、瑾王這樣的皇子，常常在宮裡才對，你們見不著面才好呢。不過，謙王不是成親了嗎，怎麼還住在宮裡？」

「哦，不在宮裡，他偶爾在宮裡，通常在王府裡。」

「那他沒成親前，是不是跟瑾王和燕王一樣，日日待在宮裡。」蘇宜思強調後面半句。

蘇顯武道：「那也未必，有時候也可以出宮的。」

蘇宜思眼珠子轉了轉，道：「您之前還說瑾王喜歡去青樓，現在怎麼又承認他日日在宮裡了？可見，您一直在騙我，誣衊瑾王的名聲。」

蘇顯武沒料到小騙子又扯到這裡，他只注意到跟修遠有關的事情，這會兒聽到這話，立馬道：「怎麼可能，哪裡是我誣衊他，他就是喜歡去青樓，他才在宮裡待不住。」

「青樓？不可能的。他貴為皇子，不會去青樓的，一定是您在騙我。」

「我騙妳？他若是不去青樓才怪了！」

「話還不都是您說的，您又沒有證據。」

「證據？我跟妳講，琉璃閣前些時候剛來了位花魁，明日就是她上臺表演的日子，瑾王一定要去捧場的。明兒我就帶妳去，揭開那廝的真面目！」蘇顯武本對此事毫無興趣，可說著說著，他突然覺得，這是個好法子，可以讓小騙子認清衛景那廝到底是個什麼人。

蘇宜思沒想到事情進展那麼順利，她不光得到了瑾王的行蹤，還能親自見著他。

「好，去就去，我就不信在那裡能見著他。」

「行，明兒就去。」

為了讓蘇宜思順利出門，蘇顯武還特地給她找了一身男子的衣裳。

隔日到了酉時，蘇宜思換好衣裳，等著蘇顯武過來了。

想到即將可以見到皇上，蘇宜思心情很是激動，對著鏡子照了許久，又在心裡默默想見了他之後應該說些什麼話。也不知皇上是不是如幾十年後那般慈祥……

然而，等了兩刻鐘左右，蘇宜思沒等到蘇顯武，卻等來了一個消息。

「剛剛謙王突然傳信，說臨京營那邊出了點事，需要將軍趕去處理，將軍說等以後有機會再帶著姑娘去。」

蘇宜思聽到這話，皺了皺眉。這個謙王，怎麼老是叫爹爹去做這做那，如此下去，不知爹爹會牽扯多深。

蘇宜思本來已經準備換下衣裳了，想了想，如果爹爹不帶她去，她可以自己去啊！總歸已經知道瑾王在哪裡了，琉璃閣她也曾路過，熟路。

趁著天色還沒黑，蘇宜思藉口去買東西，出門去了。

天色將黑時，蘇宜思到了琉璃閣。

瞧著面前熱熱鬧鬧的景象，蘇宜思懷著緊張又激動的心情，混了進去。進去之後，蘇宜思說是來找人的，躲開了姑娘們的招待。

四處逛了逛，蘇宜思發現這裡跟她想的不一樣，這裡有歌舞音樂，有人在吃酒，有人在作陪，她想的那些畫面，倒是不曾在大堂裡見著。

不多時，花魁上臺了。

想到昨日爹爹說過的話，蘇宜思在人群中找著瑾王的身影，可惜，一直沒找到。

二樓的包廂內，衛景一眼就瞧見女扮男裝在人群中找什麼的蘇宜思。瞧著那一張臉，他那握著酒杯的手微微一緊，嘴角一撇，冷哼一聲。

他還沒去找她，她倒是先出現在他的眼前。

一樓大堂的人越來越多了，蘇宜思找了個位置坐著，眼睛一直梭巡著四周。等花魁的表演結束了，她依舊沒見著想見的人。

難道瑾王沒來？或者——

蘇宜思抬頭看向了樓上的包廂，在樓上？

「下去打聽打聽，她來做什麼。」衛景對身側之人道。

「是。」

這姑娘來了約莫半個時辰，就一直在下面，似是在找什麼人。難不成是要與衛湛在這裡接頭？可衛湛今夜去了臨京營，沒通知她？

嚴公公甫一出現，蘇宜思就瞧見了他。

這人越看越熟悉，蘇宜思盯著嚴公公看了許久，終於想起來，這人也太像皇上身邊的嚴總管了。

蘇宜思連忙起身，朝著嚴公公過去。

嚴公公是下來打探消息的，並未想過要與蘇宜思打照面，可人已經朝著他走過來了，他也不好再躲。

「嚴總管？」

嚴公公微微一怔，他不過是宮裡品級比較低的內侍，哪裡配得上稱呼總管。

「是您對吧？瑾王也在這裡嗎？」蘇宜思激動的問。

嚴公公沒料到這姑娘竟然是來找主子的，他抬頭看了一眼二樓的方向，道：「您先在這裡等一下。」

蘇宜思笑了。「好。」

嚴公公去樓上把消息告訴了衛景，衛景聽後，挑了挑眉。竟是來找他的！若她是衛湛的人，那麼她來找他能是為了什麼呢？想到之前她評價他的那些話，衛景眼神冷了下來。

這是想繼續騙他？

他倒要看看，她葫蘆裡賣的什麼藥。

蘇宜思得知瑾王正在樓上等著見她，內心激動極了，心怦怦直跳。時隔數月，她終於又要見著皇上了。

想到皇上的病容，蘇宜思眼眶微紅，他現在不會還是身體不好吧？

不會，肯定不會。她一遍遍告訴自己，皇上現在還年輕，還沒有生病，他一定是健康的模樣。

這些念頭在心裡來回想了多遍，蘇宜思深深呼吸了幾次，終於下定決心，推開包廂的門。

二樓比一樓安靜許多，只有一、兩個小廝在走動。然而，推開門，嘈雜聲卻撲面而來。

蘇宜思微微愣了一下。

「蘇姑娘，請，主子還在裡面等著。」嚴公公在一旁提醒。他著實想不通，這位姑娘為何會這般。

蘇宜思回過神來，應了一聲。「嗯。」

走進去後，隔著珠簾，蘇宜思看到裡面的情景。

有人在撫琴，有人在跳舞，亦有人在飲酒。酒桌旁約莫有七、八位姑娘，她們正圍著一個男人敬酒。隔著珠簾，看不清那男子樣貌，但能從輪廓上看出長相不俗。

蘇宜思心裡一沈。

她不會是被騙了吧？這是她的第一反應。然而，看著身側的嚴總管，她又覺得自己想多了。

蘇宜思邁著步子，朝著裡面走去，她抬手緩緩掀開珠簾，終於看清了那眾姑娘圍在身邊的男子。

竟然是他！

不對，他怎麼在這裡，瑾王呢？

「瑾……」蘇宜思張了張口，想要詢問瑾王的下落。

話尚未說出口，就聽面前的男子沈聲道：「聽說蘇姑娘一直在找本王，何事？」

蘇宜思瞳孔睜大。

本王？什麼王？是瑾王嗎？

短短幾息，她想到了爹爹對瑾王的評價。

「也不是我說……五皇子陰險毒辣，哪有半分帝王之相？」

「妳莫不是覺得五皇子長得好，所以才覺得他做什麼都是對的吧？」

還有爹爹那日在打馬球時，對面前男子的評價——

「那就是個陰險毒辣又好眠花宿柳之人，是京城中最紈袴的人！」

她爹對瑾王的評價倒是與面前之人吻合，難道面前之人真的是瑾王？

「你……當真是瑾王？」蘇宜思再次確認。

衛景勾唇一笑。「不然呢？」

看著衛景坐在脂粉堆裡，蘇宜思突然懷疑自己從前的判斷是不是失誤了。

再看那一張臉，跟皇上哪裡有半分相像之處。不對——仔細看的話，眼睛像，鼻子像，嘴巴也像……唯一不像的，是氣場。

皇上很是和藹慈祥，讓人如沐春風，而面前的男子雖然長得極為好看，可不笑的時候，總是讓人害怕。

一個人的氣場怎會發生這麼大的變化，所以他應該不是瑾王吧？

坐在衛景身側的女子突然笑了，說道：「王爺，這是哪裡來的鄉野丫頭，竟然連您都不認識？」

另一個女子道：「是啊，竟然連王爺都不認識，說出去要讓人笑掉大牙了。」

屋裡的姑娘全都笑了。

縱然蘇宜思再不相信，她也不得不承認，面前的這個人真的是她一直以來要找的人。

想到府中丫鬟在背後說他的閒話，想到自己這些日子對他的態度，再想到爹爹對他的評價……想到國公府將會因此人沒落……再想到這些日子以來面前這人對自己的親近，蘇宜思心情頗為複雜，一時之間腦子亂烘烘的。

原來，他一直在騙她！

「嗯？」衛景見對面之人久久不答，臉色越發冷了。「妳找本王究竟有何事？」

「沒什麼事。」蘇宜思胡亂應著。

「嗯？沒什麼事？當真？」

「嗯。」蘇宜思態度很是敷衍，滿腦子都是她被人騙了，她著實無法接受面前的人和皇上是同一個人。

「呵！」衛景冷笑一聲。

聽到這個聲音，蘇宜思瞬間清醒過來。不，他是皇上，卻又不是皇上。皇上不會對付侯府，可年輕時的他會。

皇上與此人完全是兩個人。

蘇宜思看著眼前銳利的眼神如同蛇信子般的男人，頓時腿軟，克制不住的跪了下去。

她沒看到，衛景的臉色更難看了，他把酒杯隨意擱置在桌子上，朝著蘇宜思走了過去。

「之前罵本王時，不是挺厲害嗎？怎麼，這會兒不敢看本王了？」衛景冷聲道，聲音裡有說不出的諷刺。

蘇宜思的心怦怦跳了起來。

「之前都是我的錯，是我有眼不識泰山，不知道您就是瑾王。」

「呵。」衛景冷笑一聲，蹲下身子。「真不知道嗎？」

蘇宜思看著近在咫尺的黑色皂靴，越發緊張。

衛景對著跪在面前，一直垂著頭的姑娘，道：「抬起頭來。」

蘇宜思忍住緊張害怕，抬起頭來與他對視。

「說吧，來這裡做什麼？」

看著這一張熟悉而又陌生的臉，蘇宜思說不清自己心裡到底是什麼感覺，她既緊張又有些失落。這一切的一切都與她記憶中不一樣，爹爹與她認識的不一樣，皇上也與她認識的不一樣。她想做的事情，不知道還能不能做成。

可想到侯府的沒落，爹娘的親事，蘇宜思忍住害怕，道：「我……我來投靠您。」

衛景心裡冷笑，若是他沒記錯，蘇顯武最近已經在幫著謙王做事了，蘇家也剛剛跟他三嫂家結親。他走近蘇宜思，看著耳朵紅紅的女人，輕聲問道：「哦？怎麼投靠？」

說著，又湊近了一些，語氣曖昧。「蘇顯武可以給我三哥做將軍，妳呢，又能為本王做什麼？」

因著二人離得極近，男子說話時，熱氣噴到蘇宜思的臉上。

他果然很介意爹爹幫著謙王做事。這個念頭剛剛產生，又隨著瑾王的靠近消散了。

不管面前的人與皇上像不像，可他長相實在是出眾，又離得這般近。蘇宜思不禁心跳加快，臉紅了，耳朵也紅了，腦子亦有些亂了，理不清思緒。

「我……我……」

「難不成……妳想嫁給本王？」衛景笑著反問。

「是、是。」蘇宜思根本沒聽清楚瑾王說了什麼，看著這張絕美的臉，哆哆嗦嗦就應了下來。

聽到這聲回答，瑾王伸出細長的手指，托著蘇宜思的下巴，臉上的神色喜怒難辨。「好啊，本王明日就去貴府提親。」

蘇宜思徹底傻了眼。

第十七章

接下來，蘇宜思感覺自己腦子嗡嗡響，她不記得自己怎麼回府的了。只知道，當她反應過來時，已經在國公府了。

坐在床邊，她腦海中只有一個念頭。

她要嫁給皇上了！

把這句話默唸了三遍，蘇宜思腦海中浮現的是那個滿臉病容，溫柔的看著她的皇上。她使勁拍了拍自己的臉，臉上有點疼，她終於醒了醒神。

她在想什麼呢，這怎麼可能！

為了讓自己冷靜下來，蘇宜思去打了一盆冷水，洗了洗臉。冰涼的水觸到臉上，蘇宜思徹底清醒過來。

剛剛瑾王說明日就要來提親，她也答應了下來。可瑾王為何要娶她呢？好生奇怪。

難不成是看上她了？不，不可能，蘇宜思很快否定這個答案。皇上怎麼可能喜歡她呢，瑾王也不會，那又是為何。

蘇宜思躺在床上時，仍舊在思考這個問題。

她是真的沒想到打馬球時見到的那男子就是五皇子啊！記憶中的皇上臉上留著鬍子，慈祥但滿臉病容。而瑾王長相俊美，明亮又鮮活，這兩個人竟然是同一個人。

蘇宜思回想起與瑾王相見時的點點滴滴，打馬球時，在國公府，在馬場，在山上……在青樓。每一個他，似乎都是不同的。他待她，好像也挺好的。

蘇宜思腦子亂極了，索性閉上眼準備睡覺，可閉上眼之後，各種思緒紛至沓來。

在即將要睡著時，蘇宜思突然想到一個問題。

會不會，瑾王是因為她這張酷似姑姑的臉才打算娶她？就像簡王後來娶了小姑姑做側妃一樣。一想到這一點，蘇宜思突然覺得心裡不太舒服。

不過，她在心裡又很快否定這一點。從前她覺得皇上可能喜歡姑姑，現在來到這裡，見過瑾王，就覺得不是了。瑾王心中的人應該不是姑姑，若是姑姑的話，他現在不會是這個模樣。因為這個時間點姑姑已經去世了，若他喜歡的人是姑姑，現在應該很難過，也會不近女色。

蘇宜思的心慢慢沈靜下來了，扯過被子蒙上，睡了。

第二日，蘇宜思早早醒過來。一想到昨晚發生的事情，她恨不得找個地縫鑽進去。

她無意與任何人成親，即便是瑾王也不行。一想到自己要跟待人和善的皇上成親，她總覺得怪怪的。可昨日不知怎地腦子一熱，就應了下來。

如今再想反悔，無異於找死。

瑾王昨日待她的態度就很冰冷，跟上次見她時完全不同，究其原因，想想昨日瑾王的話就知道了，估計是因為爹爹跟謙王走得太近了。

她昨日剛剛答應，今日再去反悔，瑾王肯定會恨死她，說不定國公府滅亡的速度比之前還要快。

事情既然已經到了這個地步，就只能接受，走一步、看一步了。不過，她仍舊想不明白，瑾王為何說要娶她，她如今的身分，也不配吧。

胡思亂想的穿好衣裳，蘇宜思去了正院。

到了正院，周氏看她的眼神怪怪的。

等到請安的人都離開了，周氏這才道：「妳何時跟瑾王走得這般近了？」

聽到這話，蘇宜思心裡一緊，心想，難不成，瑾王已經來提親了？這也太早了些吧。

沒等蘇宜思回答，就聽周氏又道：「昨晚怎地是他的馬車送妳回來的？」

原來不是提親，蘇宜思頓時心裡一鬆，道：「昨晚我出去買東西，回來時迷了路，恰好遇到瑾王，他便把我送回來了。」

周氏絲毫沒有懷疑，道：「哦，原來如此。不過，祖母得提醒妳幾句，瑾王那個人性情深沈，又愛流連煙花之地，妳以後再見著他時，要與他保持距離。」

「嗯，我知道了，祖母。」

接下來一段時間，蘇宜思都沒有出門。即便是蘇顯武喊她出去玩，她也沒出去。她生怕一出去，就會錯過瑾王來提親。

直到半個月後，蘇顯武從外面回來，來了她的閣樓。

「要不要出去，我聽說瑾王今日要去琉璃閣。」

「他今日要去琉璃閣？」蘇宜思詫異的問。

「是啊，旁人是這麼說的。」蘇顯武道。

蘇宜思微微蹙眉。那日他不是說好要來府中提親嗎，怎麼又有空去琉璃閣了。

「爹爹可知瑾王最近做了什麼事？」

這個問題蘇顯武熟，他立馬把瑾王做過的事說了出來。

聽到瑾王這半個月在朝堂上與謙王作對，下了朝就去蹴鞠、打馬球、逛青樓，蘇宜思終於確定了一件事情。

那日瑾王說出來的話，怕是在故意戲弄她。

瞧著小騙子臉上的神情，蘇顯武有些興奮，問：「怎麼了？妳是不是終於發現瑾王那廝不是個好東西？」

蘇宜思抿了抿唇，看向了她爹。「沒有，瑾王是個好人，將來也會是個好皇帝。」

「好人？未必吧。」

正如蘇宜思一直想改變瑾王在蘇顯武心中的印象一樣，蘇顯武也想做同樣的事情。

可惜，父女二人沒有一個成功的。

不過，有件事情蘇顯武沒說。

自從年後諸位皇子被封了王，準備開府，也開始上朝了。想到小騙子的話，他便開始關注瑾王的一些做法。隨後，他漸漸發現，幾年不見，瑾王似乎跟他想像中不太一樣了。他們二人雖然從小不合，但在某些問題上，倒是想法一致，尤其是最近幾日關於鄰國的看法。

但這種事情他是不會告訴小騙子的。

「他就是個好人。」蘇宜思再次強調。

「好好好，他是好人，是好人，行了吧？」蘇顯武沒再與她爭。「晚上到底去不去？」

「去！」有能見瑾王的機會，她肯定要把握住。

蘇顯武想，終於有機會讓小騙子見見衛景那廝了。待她見著他那風流浪蕩的模樣，怕是就不會日日惦記他了。政見相合是一回事，把自己女兒嫁過去又是另一件事情了。

天色擦黑，蘇宜思隨著蘇顯武再次去了琉璃閣。

這回不用蘇宜思費心去找，蘇顯武找人問了一聲，就朝著二樓去了。

二人進來時，衛景身側依舊圍著幾位姑娘，其中一位，便是那日在臺上獻舞的花魁。

蘇顯武看了眼前面的情形，臉上浮現出一絲笑意。果然，衛景那廝還是原來那副德行，接著，他便看向了身側之人。

他本是想帶著小騙子來看看瑾王的真面目，好叫她失望，往後不再時時惦記著這人。可小騙子的反應卻很奇怪，似乎很平靜，但又似乎有些不開心。

等等，不對啊，上回小騙子還不認識衛景，問過他衛景是誰來著，怎麼今日反應這麼平靜。這兩人不會是之前已經見過了吧？所以小騙子早就知道衛景的身分？

何時見的，他怎麼不知道。

「這不是咱們的鎮北將軍嗎，可真是稀客。」花魁笑著道。

蘇顯武斂了斂神。已經進來了，就不好再出去了，等離開這裡，他再問小騙子。

衛景唇邊始終帶著淡淡的笑，瞧著面前的酒杯，對於他們的到來似是絲毫不意外。

等蘇顯武和蘇宜思往前走幾步後，蘇宜思就明白為何他不意外了。從他的角度，樓下大堂一覽無餘。所以，從他們二人進來時，他就看到了吧。

「鎮北將軍來咱們這裡，怎麼還帶著位姑娘啊。」衛景身側穿著紫色衣裳的姑娘笑著問道。

蘇宜思發現了，瑾王身側的人似乎都不喜歡爹爹，而且，對爹爹存著敵意。

不過，仔細一想就能明白了。他們屬於不同的陣營，瑾王與爹爹之間又從小不睦，估計大半個京城都是知道的。

「見過瑾王。」蘇顯武對著瑾王行禮。即便是對瑾王再不滿，該做的禮儀還是要做的。

「見過瑾王。」蘇宜思也跟著蘇顯武行禮。

聽到蘇宜思的聲音，衛景的視線終於從杯子上挪開了，看向來人。他想過對方可能會有的反應，卻沒想到，她竟會這般平靜。看著這一張平靜的臉，衛景覺得心裡堵得慌。

「何事？」衛景冷聲道。

「沒什麼事，聽說王爺在這裡，上來跟您打個招呼。」蘇顯武隨意道。

「既無事，那就滾吧。」衛景亦是毫不客氣。

「嗤！你當我想來？」蘇顯武反問。

從這二人的對話中就能看出，這二人熟得很，也很不對盤。

蘇顯武說完，轉身就走。然而，走了兩步，卻發現蘇宜思還站在原地。

「走了。」蘇顯武道。

蘇宜思不想走，她還沒跟瑾王說上話。

蘇顯武一陣氣悶，大步朝著蘇宜思走過去，抓著她的手腕就離開了。

見這二人走了，衛景拿起酒杯，將手中的酒一飲而盡。

出了包廂，蘇顯武猶在生氣。一直走到一樓放置馬車的地方，那氣還沒消。不過，想到今日的來意，他回頭看向蘇宜思。「妳看到了吧，衛景就是那樣一個人。好色、紈袴、陰晴不定！他跟妳口中說的那人完全是兩類人。」

蘇宜思蹙了蹙眉，道：「或許，他是有苦衷的。」

「苦衷？他一個皇子能有什麼苦衷？妳莫要再為他找藉口了。」蘇顯武道。

蘇宜思這回沒說話。

一想到孤獨了幾十年的皇上，她就不信眼前這一切是真的，她相信他一定是有苦衷的。可上次見瑾王時他對她說過的話還在耳邊迴盪，她這兩次也的確是在琉璃閣見著他的，他身側亦有美女環繞。

蘇顯武還想說什麼，眼角卻瞥到了一個熟悉的身影。

「我還有事，妳在這裡等我一會兒，我去與人說兩句話就帶妳走。妳別亂跑，聽到了沒？」

蘇宜思胡亂點了點頭。

站在門外等了一會兒，回頭看著紙醉金迷的琉璃閣，蘇宜思看向二樓。盯著二樓的包廂看了一會兒，蘇宜思快速朝著二樓跑去。有個問題，她一定要當面問清楚。

到了衛景包廂門口，她大力推開了門。

衛景沒料到蘇宜思會再次上來，還是以這種方式。

蘇宜思深深吸了一口氣，又重重呼了出去，朝著衛景走去。

衛景歪坐在榻上，領口微微敞開，一側的紫色衣裳的女子正往他嘴裡放剝好的葡萄。他輕啟薄唇，就著那姑娘的手，把葡萄吃進口中。

蘇宜思抿了抿唇，問道：「你那日為何要對我說那樣的話？」

衛景笑了，眼睛看向紫色衣裳的女子，那姑娘領會了意思，又剝了一個葡萄。

「哦，不知蘇姑娘說的是什麼話？」衛景問道。那語氣，要多隨意就有多隨意，像是在談論今日吃了什麼一般。

蘇宜思沒料到衛景會這般回答她，她咬了咬唇，鼓足勇氣，道：「你說要去蘇府提親的事。」

衛景再次吃了一顆葡萄，把籽吐出來後，問：「哦？我說過這樣的話嗎？」

「妳們可曾聽到？」衛景環視了圍在自己周圍的幾位姑娘。

「王爺說笑了，您是王爺，成親的事情自然是由皇上做主。」紫色衣裳的姑娘說道。

「是啊，王爺您身分貴重，又怎會看上這樣一個出身低微的孤女。」說這話時，那姑娘還上下打量了一下蘇宜思。

蘇宜思的臉漸漸脹得通紅。

衛景雖然看起來眼神沒落在蘇宜思的身上，視線卻一直沒離開她，他一直在觀察蘇宜思的反應。瞧著她手足無措的模樣，他竟然會覺得心裡不舒服，想像中羞辱她的那種暢快的感覺也並沒有出現。

「你往後莫要輕易對姑娘家說這樣的話了。」蘇宜思垂著頭絞著衣裳低聲道，聲音裡有說不出來的低落。

衛景終於把視線放回蘇宜思的身上。

蘇宜思抬起頭，與衛景的眼神對上。

「因為你將來會遇到喜歡的姑娘，她若是知曉你曾經這般，會很難過的，你可能會永遠失去她。」說到後面，蘇宜思聲音有些哽咽。

想到皇上躺在床上的落寞模樣，蘇宜思更覺得面前的瑾王很讓人心疼。

他定是在年輕時遇到了喜歡的姑娘，又失去了她，所以才會在登基後空置後宮，所以才會一個人孤獨的走完了一輩子。

她不想他再如往後一般孤獨了。

瞧著蘇宜思的眼神，衛景心裡一痛。他竟在這小丫頭眼中看見心疼。她在心疼他？她為何要心疼他？

一想到這小丫頭可能是衛湛的人，衛景心中被欺騙的負面情緒就冒了出來，憤怒也占了上風。

呵。他貴為皇子，需要她心疼？她不如心疼心疼她自己，被他耍得團團轉。

哦，不對，這姑娘定是又在演戲。

衛湛還真是厲害，能找到一個這麼會作戲的女子。可，會演戲的也不止她一個。

衛景從榻上坐了起來，朝著蘇宜思走過去，到了她面前，他微微彎腰，與她平視。

「喜歡的姑娘？是誰？難不成——」衛景打量了蘇宜思一眼，笑著問：「蘇姑娘指的是妳自己？」

周圍的姑娘們也都笑出聲，那些嘲諷的話又在耳邊響了起來。

「不是我。」蘇宜思搖了搖頭。

原本的世界裡，她與皇上差了三十多歲。皇上登基時，她尚未出生。等到她長大時，皇上早已相思入骨，見著她，也並未表現出絲毫男女之情。

所以，這個時空裡的誰都有可能，唯獨她不可能。因為，有沒有她，皇上都會遇見他喜歡的那個姑娘。

離得近，衛景自然看出蘇宜思眼中的認真。

他突然覺得氣悶，伸出食指托起蘇宜思的下巴，輕佻的道：「怎麼就不可能是蘇姑娘了呢？蘇姑娘長得這麼標致，又能言善道。」

蘇宜思緊抿著唇，沒講話。

就在這時，一聲怒斥在門口處響起。

「衛景，拿開你的髒手！你敢打思思的主意，小心我打死你！」

蘇顯武跟溫元青說完話就去找蘇宜思了，找了一圈卻沒發現她的蹤影，一打聽才知道她又回了琉璃閣。一想到小騙子可能去找衛景，他著急死了，他家的小丫頭怎麼能落入衛景那廝的手中。

結果，一推開門，他殺人的心都有了。

說著話，他快步走了過來，拳頭朝著衛景揮去。

蘇宜思瞧出她爹的意圖，嚇得瞪大眼睛。在她爹的拳頭快要落到衛景身上時，她一把抱住衛景，擋住蘇顯武的拳。

她爹的拳頭可真硬啊，打在身上真疼——

蘇宜思一口血吐了出來。

變故就發生在一瞬間。

蘇顯武和衛景都愣住了。

他們二人從小就打架，大大小小的架不知道打了多少回。在蘇顯武出拳的時候，衛景就已經想好要怎麼躲開了。同樣的，蘇顯武雖然出拳的時候就想著痛揍衛景一頓，可也沒想過真的能打到他。

「小丫頭。」
「思思。」
兩個男人同時慌了。
衛景聲音裡有一絲自己沒能察覺的顫音。
蘇顯武手有些抖，不敢觸碰面前的小姑娘。
衛景緊緊抱住懷中的小丫頭，看了看她的臉色。
蘇宜思費勁力氣，抬手擦了擦唇邊的血，用微弱的聲音道：「我……我沒事。」
她不想讓爹爹擔心，也不想讓皇上擔心。
看著自家女兒慘白的臉色，蘇顯武怒了。「衛景，我要殺了你！」
蘇宜思連忙抬起手，扯了扯蘇顯武的衣袖。
蘇顯武暫且收住怒氣，從衛景手中把女兒搶了回來，抱起女兒朝外面走去。
走到門口，轉身看了一眼衛景。他張了張口，想說些什麼，但想到懷中的小姑娘最討厭他說瑾王的壞話，便又閉了口，轉身離去。
他雖一字未說，但傳達的意思卻很明顯，那是恨死了衛景的神情。
衛景靜靜的蹲在原地，看向自己的手。手上，似乎還殘留著剛剛小丫頭身上的溫度，地上的那幾滴血，也刺眼得很。

他的心，像是被什麼東西揪得緊緊的。自從母妃去世後，再也沒人為他擋過風雨了，他一直都是一個人獨撐。今日卻突然出現了一個小姑娘，莫名其妙的心疼他，又自不量力的為他擋拳頭。

「阿嚴，你說我是不是做錯了？」屋裡的姑娘們不知何時已經退下了，包廂內就只剩下衛景一人，嚴公公也不知何時來到他的身側候著。

聽到這個問題，嚴公公沒有回答。

「呵，明明是她先騙了本王，我為何要愧疚？」雖然嘴上這麼說，可心裡的感覺卻不會騙人。他不得不承認，從始至終，戲弄她、報復她，他並沒有更快樂，反倒是更加難受。

「太醫院最擅長治——」話說到一半，衛景自嘲一笑。「安國公府位高權重，哪個太醫請不了，又何須我操心。

「拿酒來，本王要喝酒！」

嚴公公一動不動。

「怎麼，連你也不聽話了？」

「主子，夜深了，咱們該回宮了。」嚴公公頂住壓力說道。

他陪著主子一同長大，自是瞭解主子的性子，也知曉主子心中在想些什麼。甚至於，有些事情，主子自己沒發現，他就已經發現了。

比如，對那位蘇姑娘的感情。

「無趣的東西。」衛景嘟囔了一句，雖嘴上這般說，卻站起身，朝著外面走去。

周氏見著昏倒在兒子懷中的蘇宜思時，眼前一黑，差點暈過去。在得知是兒子失手把孫女打成這樣時，立馬就罰他去跪祠堂了。

安國公府這一夜燈火通明，雖已經夜深，門口卻時不時有人來。光是太醫院的太醫們，就來了三位。

蘇宜思昏迷了整整十日方才醒了過來。

睜開眼睛後，看著趴在床邊不修邊幅的人，蘇宜思笑了。

在蘇宜思醒過來的那一瞬間，蘇顯武立馬就醒了。

「爹爹，您幾日沒刮鬍子了？娘看到了要嫌棄您的。」蘇宜思低聲說道。可每說出一個字，都覺得胸口和背部疼得難受。

「妳快別說話，躺好了。」蘇顯武心疼死了。

都怪他，若不是他，女兒不會受這樣的罪，也不會發生這樣的事情。

蘇宜思看著蘇顯武臉上的神情，抬手握住他的手，道：「不怪您，是我自己的選擇。」

她越是這樣說，蘇顯武就越是愧疚。

蘇宜思在床上躺了一個月，方才好了些。她這一傷，倒也發生了件好事。

祖母已經決定要與禮部尚書府訂親了，而祖母之所以做出最終的決定，是因為爹爹終於鬆口同意了。

想到爹娘終於可以順利在一起了，不會有後來的波折，蘇宜思心情大好，傷也就好得快了些。

又在府中養了一個月，天氣越發暖和了，蘇宜思的傷也好得差不多了。

而爹娘的訂親禮，定在下個月。瞧著祖母在準備訂親要用的東西，蘇宜思也在旁邊幫忙。

晚上，蘇顯武過來看女兒了。

「妳今日感覺如何？」

蘇宜思快樂得像一隻小鳥，聲音裡也透露出輕快。「爹爹放心，女兒沒事啦，今日還幫著祖母準備了爹爹訂親要用的東西。」

蘇顯武喝了一口茶，潤了潤喉。

「不要著急去做事，先把身子養好再說。」

「嗯，女兒記住了。」

接著，蘇顯武又帶來一個好消息。「臨京營那邊的事情已經忙得差不多了，過幾日我就會卸了那邊的職，不去了。」

蘇宜思驚訝的看著她爹，呆呆的問了一句。「為何？爹爹怎麼突然改變主意了？」

難道是因為她受傷了，所以爹爹出於愧疚，答應了從前不想答應她的事情？

蘇顯武笑了，摸了摸她的頭，說：「聽到這件事情，妳不是應該高興才對嗎？」

蘇宜思也笑了，說：「女兒確實很高興，但同時，女兒也很好奇，爹爹為何會突然改變主意。」

她總覺得，不會是因為她。

蘇顯武解釋道：「我本就沒打算一直在臨京營待著，之所以會去那邊，的確是因為那邊比較弱。京城一共五個防守營，城內一個，四周四個，這其中最弱的就是臨京營。若是哪一日賊人攻打過來，首先要打的便是臨京營。」

他是一定要去漠北的，絕不可能一直待在這裡。不管是旁人還是修遠，都無法阻擋他的步伐。

蘇宜思怔住了。

原來爹爹竟是因為這個原因才去幫謙王的嗎？

看著女兒眼中的感動和崇拜，蘇顯武又說了句實話。「當然了，不可否認，因為那是修遠的營，我才去的。若那營是衛景的，我未必會去。」

他倒不是不想幫衛景，而是兩人自小有仇。若他主動去幫忙，衛景怕是也要擔心他使壞，衛景有自己的人，也用不著他。

可不管蘇顯武怎麼解釋，蘇宜思認定了他不是出自私心，心中對爹爹的崇拜又增加了幾分。她爹爹就是世上最好的爹爹！

「咳，對了，我馬上就要訂親了，估計很快就要成親。」

自從女兒被他傷了後，他靜下心來想了很多。他雖覺得那楊姑娘處處是毛病，與他八字不合，可若是母親和女兒都喜歡的話，娶她也沒什麼。況且，若是女兒注定是從她肚子裡生出來的，他是一定要娶的。

「嗯，女兒知道。」蘇宜思笑著說。

「只不過，有個問題我一直想問問妳。」

除了想是否要娶楊氏，他還想了別的。

「按照時間來算，妳應該是八、九年後出生的。可依著妳祖母的想法，今年我是一定會成親的，這其中是不是還發生了別的事情？」

蘇宜思的笑僵在臉上。

「妳不想回答也沒關係，其實我問這個問題，只是想知道，若是我和妳娘早幾年成親，妳還會出生嗎？」

聽到這個問題，蘇宜思怔住了，她從未想過這個問題。

發現自己來到了二十多年前，她想的是如何改變過去，讓爹娘不留遺憾，早些在一起，想的是如何改變國公府沒落的命運。

卻從未想過她自己。

是啊，如果爹娘早些在一起，她還會出生嗎？若是有一日她還會出生，那現在的她還會存在嗎？這一刻，蘇宜思感覺到茫然。

「我不知道。」蘇宜思如實答道。

見蘇顯武皺眉，蘇宜思又道：「但我知道，爹娘一定會在一起的。若是現在不在一起，將會成為你們這一輩子的遺憾。」

蘇顯武沈默了。

若是改變了過去，導致女兒無法出生了，那他還改變做什麼？可瞧著女兒的樣子，根本就無意告訴他事情的真相。既然不知道真相，那他也無從知曉真實的軌跡究竟是怎麼樣。

看出蘇顯武的擔憂，蘇宜思琢磨了一下，道：「爹爹何須擔憂，女兒本就不屬於這個時空。我的出現已經改變了很多事情，即便您不跟娘成親，事情也不可能再像從前一樣了。」

聽到女兒說自己不屬於這個時空，蘇顯武皺了皺眉。仔細一想，他又覺得女兒說的有些道理。的確，女兒的出現，定是會改變很多事情，此刻再去糾結正確的軌跡是什麼，也沒什麼益處。

蘇顯武暫且把這個問題擱置一旁，簡單應了聲。「嗯。」

第十八章

衛景正看著面前的幾頁紙出神。

上面清楚的寫著一位姑娘一整日的活動，早上幾時起床，幾時吃飯，整日都做了什麼。

「太醫說她的病好索利了？」衛景問。

「是，半月前，太醫就說蘇姑娘的傷好了。今日太醫去安國公府給國公夫人請平安脈，國公夫人又讓太醫給蘇姑娘診了脈，太醫說已經全好了。」嚴公公答道。

「嗯。」衛景只簡單應了一聲，沒再說什麼。

嚴公公看著自家主子這樣子，嘆了嘆氣。唉，自從兩個月前發生了那件事情之後，自家主子就日日要知道那位蘇姑娘的事情。

他家主子既然關心那姑娘，不如親自去看看她。

不知過了多久，衛景收起那幾頁紙，恢復了以往的神情。

「衛湛那邊有什麼動作？」

「謙王雖然表面上沒說什麼，但對於鎮北將軍拒絕他的決定還是有不滿，他不想讓鎮北將軍去漠北。」

「哼！衛湛好不容易抓到了一個武將，又可麼可能輕易放棄他。」

「溫元青那邊最近似乎在有意無意接近禮部尚書府。」

衛景手上的動作微微一頓。

只聽嚴公公接著說道：「溫大人故意與楊大人在古玩店偶遇，兩人相談甚歡。溫大人還買通了尚書府的下人，打探楊姑娘的事情。」

「蘇……」話到了嘴邊衛景先是頓了頓。「蘇姑娘從未與衛湛聯繫過嗎？」

「從未。」

說完，嚴公公覷了一眼主子的神色，撲通一聲跪在地上。「奴才失職，請主子責罰。」

主子認為蘇姑娘是謙王的人，可他們卻沒找到過任何的證據來證明這一點。

「退下吧，溫元青那邊盯緊了。」

「是。」

嚴公公退下去後，衛景又繼續作畫了。一刻鐘後，畫紙上的人物漸漸成形，看那輪廓，儼然是一位姑娘。

這日，蘇顯武來找蘇宜思，說要帶著她出去玩。

蘇宜思在府中憋了兩個月，早就想出去玩了。雖然周氏擔憂，但瞧著孫女渴望出門的眼神，她還是答應下來了。

隨後，二人坐著馬車出門去了。出了歸安巷，穿過一條街，正要轉彎去最繁華的那條街時，前面的路卻被堵住了。

蘇顯武本想著在車上等等，等到前面散了再走。然而，他聽到了熟悉的聲音，連忙掀開車簾看了一眼，看到外面的情形，對蘇宜思道：「妳且在車上等等，我去去就回。」

蘇顯武下車後，外面的吵嚷聲越來越響了，蘇宜思掀開車簾看了一眼，待看到外面的人時，總覺得有些眼熟，再仔細一看，頓時怔住了。

那人竟然是母親的前夫！旁人她或許還會認錯，這人她可不會認錯。當時，她跟著母親出門，曾遇到這位溫大人，他已然落魄，仍對母親百般羞辱。母親面上沒有理會他，回府後，卻病了一場，半月才好。

此刻父親竟然與他站在一起！

蘇宜思緊緊握住拳頭，隨後，掀開車簾，下了馬車。

「好狗不擋道！你今日擋了我的道了，須得跪下來喊我兩聲爺爺，不然爺爺我不會放過你！」邵廷和倨傲的說道。

「呵，說得有理，你也不過就是瑾王身邊的一條狗罷了，還真當自己是什麼厲害的人物不成？」先前溫元青打不過對方，還忍著。如今蘇顯武來了，溫元青就再也不忍了，回擊時也毫不客氣。

聽到這話，邵廷和那暴脾氣立馬就上來了，往前走了兩步。看那架勢，是要打溫元青。然而，他並未碰到溫元青，就被蘇顯武攔住了。

邵廷和可以不給溫元青面子，卻不能不給安國公府面子，看著躲在後面的溫元青，他罵道：「狗仗人勢的東西！」

只聽溫元青提高聲量，故意對著人群說道：「邵廷和，你可不能因為有瑾王給你撐腰，就要毆打我啊。我一介文臣，肩不能挑、手不能提，你這不是欺負人嗎？」

「閉上你那張臭嘴，這跟瑾王有什麼關係？胡唚什麼！」邵廷和氣極反駁。

「怎麼就跟瑾王沒關係了？這京城誰人不知瑾王是個不能惹的人物啊，他連自己的親哥哥都敢打敢害，他身邊的人自然也是囂張得很。這麼寬的路，我不過是走了幾步，就說我擋了道。唉。」

「你！」邵廷和要被溫元青氣死了。這人真是會顛倒黑白！果然跟謙王一樣的德行，虛偽得很，假得很。

今日就是溫元青這廝想要調戲小姑娘，正好被他撞見了，他擋在姑娘面前。那小姑娘因為害怕和顧及名聲，已經走了。

周圍人的議論聲越發大了，隱隱約約聽到瑾王這個詞頻繁出現。

蘇宜思蹙了蹙眉，穿過人群，走到中間，站在溫元青的對面。

「說瑾王打兄長、害兄長，你可有證據？」

溫元青愣了一下，看向了站在面前的姑娘。這姑娘，長得還挺好看的。瞧著這穿著，應該不是普通人家的姑娘，也不知是誰家的。不過，這說出來的話，就沒那麼動聽了。

「證據？這件事情滿京城都知道，何須證據？」溫元青笑道：「姑娘，妳還是回家繡花去吧，莫要摻和男人間的事，免得落個不好的名聲。」

蘇顯武剛要與女兒說話，就聽到了這句，頓時眉頭皺了起來。

「滿京城的人都知道的事情就一定是對的嗎？」蘇宜思繼續反駁溫元青。「指證人時連證據都不需要嗎？那我若是說謙王害了自己的兄弟，是不是也能成立？反正如你所言，不需要證據，光憑著一張嘴就夠了。」

「噗哧！」蘇宜思身後傳來了笑聲。

邵廷和看著被懟得啞口無言，只敢怒視他們的溫元青，笑了。

「姑娘說得有理！溫大人，你們刑部不會就是這樣破案的吧？」

這人竟然是刑部的？蘇宜思冷哼了一聲。就憑著這張口就來顛倒黑白的本事，不知要判多少冤假錯案。

溫元青哪裡還有工夫理會邵廷和，他瞪著蘇宜思，厲色道：「妳竟然敢誣衊謙王！小心吃牢飯。」

「我何時誣衊謙王了？」蘇宜思一臉無辜。

「就在剛剛，我親耳聽到。」溫元青冷著一張臉道。

「我剛剛不是跟大人學的嗎？若是大人認為我有罪，豈不是在變相說你自己有罪？」蘇宜思緩緩道來。

溫元青微微瞇了瞇眼，看向了面前的姑娘。他治不了邵廷和，難不成連個姑娘家都治不了？這姑娘估計也不會是哪個重要人物，若是的話，他早就認識了。

「伶牙俐齒！有什麼話留到刑部去說吧！」

蘇宜思絲毫不見懼怕之色，她轉頭看向邵廷和，一臉真誠的說：「哦，我懂了。這位公子，我覺得您剛剛說得特別對。刑部原來就是這樣破案的，全憑這位大人的一張嘴啊。這位大人說誰有罪，誰就有罪，說把誰抓起來啊，就要把誰抓起來。」

「可不是嗎，英雄所見略同啊。」邵廷和笑著道。

邵廷和覺得，面前這個姑娘真的是太聰慧了。也不知是誰家的，真有趣！他怎麼就不會損人呢，他得跟這姑娘好好學學。

瞧著面前二人旁若無人的討論，再聽周圍對他和謙王的議論，溫元青覺得不能再任由事態發展下去了。

「來人！把這誣衊皇子的女子抓起來，押到刑部！」

今日即便是邵廷和摻和，他也絕不會手軟，不會給公主府這個面子。這事捅到皇上那裡，他也是有理的！

邵廷和抬腳，欲擋在蘇宜思身前。

不過，在場有一人先他一步。

「溫兄，這是我安國公府的姑娘。」

這話一出，溫元青和邵廷和都愣住了。安……安國公府的姑娘？

「三叔。」

聽到這一聲稱呼，再看這姑娘的年歲，二人頓時想起來。這位，莫不就是那位從安國公府族中來的，被國公夫人捧在手心裡的小姑娘？

這太有意思了，邵廷和想。

安國公府隱隱有站往謙王的傾向，可這小姑娘竟然公開說謙王的不是，還跟溫元青吵架；更讓人覺得有趣的是，蘇顯武也沒阻止，此事真的是有趣極了。

邵廷和覺得有趣，溫元青可不這麼覺得，他只覺得尷尬極了。

但很快，他恢復如常，笑著對蘇顯武道：「原來是國公府的姑娘，都是自己人。」

溫元青雖臉上笑著，但心中也升起了對蘇顯武的不滿。若是蘇顯武早些提醒，他也不至於下不了臺。而且，蘇顯武之前已經數次壞了他的事，只不過如今安國公府勢大，他不敢表現出來罷了。

「抱歉，這是國公府裡的小姑娘，在漠北長大的，說話做事比較隨意，元青你多擔待些。」蘇顯武臉上有歉疚之色。

「這是說的哪裡話，既是阿武姪女，自然也是我姪女，客氣什麼。」說完，溫元青話鋒一轉，道：「不過，怎麼說我都沒關係，但是修遠畢竟是王爺，多少還是要注意些。」

溫元青一副我都是為了你好的樣子，那模樣真的把蘇宜思噁心壞了。這個人真的是見人說人話，見鬼說鬼話，噁心透了。後來他羞辱母親的樣子，可不是這樣。

而且，她著實沒想到，爹爹竟然跟母親的前夫是好朋友。

「多謝元青提醒。」蘇顯武道。

他何嘗不知女兒當眾說謙王的壞話不好，可女兒剛剛病癒，又總是說將來瑾王是皇帝，剛剛他若是反駁她，怕是要鬧起來，所以，他剛剛才沒阻止的。

溫元青說有要事要跟蘇顯武商量，把他叫走了。蘇宜思不想看到這人，便沒跟去，回了府。

溫元青和蘇顯武都是謙王的好友，兩人關係自然也不錯。二人到了酒樓，溫元青開始說起事情。聊完正事，他隨意道：「哎，咱們如今還都未娶妻，自是可以來去自如，往後若是成了親，還不知會如何。」

蘇顯武也是這種想法。真要是成了親，怕是沒這麼自由了。

「早晚得成親。」蘇顯武也認命了。

「若是能遇到喜歡的姑娘，那後半輩子就沒那麼難受了。」

喜歡的姑娘嗎……蘇顯武突然想到了見過幾面的楊姑娘，他將來怕是要跟楊姑娘過一輩子了。

意識到自己在想什麼，蘇顯武微微一怔，隨後又連忙回過神來。

「元青小我幾歲，此事不急。」

「怎麼不急，我爹娘已經在準備給我說親了。」

蘇顯武也遇到了同樣的事情，與他碰了碰杯。

溫元青喝了一口酒，嘆道：「可惜啊，那些姑娘，都不太合心意。」

蘇顯武瞥了他一眼，問：「元青可是有喜歡的姑娘了？」

溫元青的手微微一頓，隨後笑了。「弟弟我確實喜歡上一位姑娘。」

「哦？」

「那姑娘長得甚美，初見之時，我便覺得她像是仙女下凡，相處久了，更是喜歡她那溫柔如水的性子。若是我能娶到她，那弟弟我這輩子可就沒什麼遺憾了。」

瞧著溫元青臉上的笑意，蘇顯武真誠的道：「祝你成功。」

「多謝蘇兄祝福，有了蘇兄的祝福，小弟我就更有信心了。」

說著話，兩人又碰了碰杯。

想到剛剛在街上發生的事情，邵廷和忍不住笑出聲。

「何事這般喜悅？」衛景問了一句。

「我剛剛在路上見著一個姑娘，那姑娘可有意思了，長得好看不說，還特別會懟人。」

衛景對這些事情沒什麼興趣，隨口道：「哦？我竟不知，你會喜歡這種伶牙俐齒的女子。」

「那倒不是。」邵廷和否認了，又接著道：「說起來，那小姑娘喜歡的人應該是你。」

衛景心中一動，抬頭看向邵廷和。

邵廷和把事情跟衛景說了一下，最後道：「九思，你剛剛是沒看到啊，聽到那小姑娘的身分，溫元青的臉色難看死了。」

想到溫元青的神色，邵廷和又忍不住笑了起來。

衛景端著手中的茶杯，出了神。

從前，一直在人後為他辯駁，後來又為他受了傷。如今傷剛好，又在大庭廣眾之下維護他。她就那麼喜歡他嗎？即便是他誤會了她，她還是那麼喜歡他。

「九思——」

「嗯？你剛剛說什麼？」衛景抬頭看向邵廷和。

「我說，你笑什麼呢？」

衛景怔了一下。他剛剛笑了嗎？好像沒有吧，但又好像有，因為，一想到那個姑娘，他就覺得很開心。

「對了，明日我要去一趟揚州，約莫要去半月，你最近不用過來找我了。」

「好吧，你不在京，又要無聊了。」

蘇宜思出門的時候心情還好好的，回家之後就不行了。她著實想不明白，爹爹怎麼會跟娘親的前夫認識，怎麼沒聽他們說起過此事。

等到午飯過後，聽說蘇顯武回來了，蘇宜思連忙去找他。

「爹，剛剛那人是誰啊，您跟他關係很好？」

「是爹爹的一個朋友，他的話妳別放在心上。」蘇顯武道。

若是從前，蘇顯武會跟她說，溫元青說的就是事實，瑾王確實是那樣的人。但自從上次的事情發生，他就不想說那樣的話了，怕氣著女兒。所以，就順著她的意思說。

蘇宜思在意的卻不是那個，她道：「關係很好的朋友嗎？」

蘇顯武見女兒沒糾結瑾王的事，心中稍安，便道：「嗯，還好吧。京城的圈子就那麼大，我們又都與修遠玩得好。只不過，他年紀小一些，與我也不是常常一起玩，更像是一個弟弟。」

蘇宜思沒想到兩人關係還不錯，她琢磨了一下，試探的道：「可是，爹，我聽說那人品行不太好，您往後能不能少跟他接觸。」

聽到這話，蘇顯武心生不悅，女兒這話著實重了些，但他並未表現出來，他想到了另一層。「他後來做了什麼事嗎？」

女兒不喜歡謙王，可即便是再不喜歡，也沒說過這麼重的話。難不成，溫元青做了更過分的事情？可他一介書生，平時待人也是溫文爾雅的模樣，能做出什麼事？

蘇宜思抿了抿唇，沒講話。

她一直在猶豫，要不要把溫元青與母親的事情告訴爹，但她最終還是決定不說。因為如今的形勢與她生長的年代不同了，她爹很快就要與娘訂親。憑著安國公府的勢力，也不會再生什麼波折。

若她此刻告訴爹，娘會先嫁給這個男人，不知爹爹心中會如何想，心中會不會有芥蒂。她更怕，她說了之後，中間會出岔子。但，不管她爹信不信，該提醒的她還是要提醒。

「就是這人娶了個貌美的娘子，卻不知珍惜。娘子生不出孩子，就把娘子休棄了，還把生了兒子的貴妾抬成了正妻，後來他見著前妻，便對其百般折辱。」

蘇顯武覺得驚訝極了，溫元青看起來不像是這樣的人啊。

「不過吧，最後卻發現那貴妾生的兒子不是他的，而是家裡的下人的。真正不能生養的人，是他。」

蘇顯武感覺自己在聽話本一樣，元青的娘子慘，元青也慘。

「爹，這樣的人，您還是少接觸為好。」

蘇顯武還沒從剛剛的消息中回過神來，只含糊應了一聲。

蘇宜思也沒再多說什麼，便回去了。她想，只要爹娘成了親，這一切成了定局就好。溫元青品行不端，將來自有瑾王來收拾。

她卻不知，歷史的車輪滾滾向前，有些事情，還是與原來一般發生了。

蘇顯武雖然卸了臨京營的職務，但因著他出色的才能，皇上似乎想起空置他許久，接下來又把他安置在京防營中，主要的任務就是訓練這些侍衛。這京防營，便是在城中守衛京城的一支隊伍，由皇上直接管轄，由此也能看出皇上對蘇顯武的重視。

本來他應在京防營中待到太陽下山才能離開，結果城中出了些事，侍衛們被臨時安排其他任務，他也就提前離開了。

離開後，蘇顯武朝著歸安巷行去。眼見著還有一條街就要到巷子，路卻被人堵住了，這些人正是剛剛去處理事情的侍衛們。

這一批侍衛屬於皇帝直接管轄，蘇顯武就算是再粗枝大葉，他也曉得其中的利害關係。不該他管的事他不會管，所以瞧著前頭不知道要堵多久，他便繞道而行了。

這回他走的是一條小路，剛拐進小巷子裡，他就發現幾個鬼鬼祟祟的人扛著個麻袋朝著他跑了過來，那麻袋看起來怪異得很，不像東西，而是——

人。

蘇顯武眼神頓時變得銳利。

那一夥人似是沒料到他的出現，立馬停下腳步，遲疑片刻後，轉身朝著後面跑去。

這幾人又怎會是蘇顯武的對手，蘇顯武三、兩下就把人解決了。

等人跑掉後，蘇顯武去解開麻袋。看著裡面的人，蘇顯武愣住了，這不就是那位下月就要跟他訂親的姑娘，禮部尚書府的楊姑娘嗎？

瞧著她昏迷的樣子，蘇顯武覺得心揪了起來。

堂堂禮部尚書府的姑娘，怎會被賊人綁走，也不知有沒有遭什麼罪。

「楊姑娘。」蘇顯武喚道。

可他喚了幾聲，對方都沒什麼反應。

等蘇顯武想要抱起人去找郎中時，另一人慌慌張張出現在巷子口。

溫元青。

蘇顯武沒料到他會來。

「楊姑娘，楊姑娘。」溫元青很是著急，朝著他跑了過來。在他的身後，還跟著四、五個家丁。

「你怎知楊姑娘在此處？」蘇顯武問道。

「今日在街上我看到楊姑娘，就一直跟著她。親眼瞧見她被人綁了，我趕緊追過來，沒想到阿武也在這裡。」溫元青解釋。

蘇顯武微微蹙眉，問道：「你跟著她做甚？」

看著蘇顯武探究的眼神，溫元青臉上露出羞赧的神色。「我之前不是跟你講過嗎，我喜歡一個姑娘，那個姑娘就是楊姑娘。」

蘇顯武說不清此刻心中是什麼樣的感受，只覺得心裡微微有些不適。

「去年冬天，楊姑娘隨父親來京那日，我就見著她了。見了一面後，我的腦海中都是她的身影，這大半年來，我一直都在追求楊姑娘。」

蘇顯武問：「既然喜歡，為何不去提親？」

若是文忠府提親了，他母親也不會下月去提親了。

「我這不是想著先打動楊姑娘，等楊姑娘同意了，再跟家裡說嗎？雖說咱們都是父母之命、媒妁之言，可對於喜歡的姑娘，我不想讓家裡逼著娶，我想尊重她。正是因這個原因，所以我一直沒提親。好在，楊姑娘終於被我的誠心打動，我們已經私下說定了，過些時候，我娘就去尚書府提親，也不知道楊尚書……」

蘇顯武只覺得腦子嗡嗡的。他張了張口，想說些什麼，可卻覺得嗓子有些緊，一個字也說不出來。

原來，楊姑娘與元青已經私定終身了，那他又算什麼？

他想，若安國公府和文忠侯府一同去提親，怕是尚書府會懼怕他們府，不敢拒絕。即便是拒絕了，想必也不敢冒然答應侯府。他何必做這樣的惡人，破壞別人的感情。

而且，對於娶楊氏，他一直在內心掙扎著，此刻也算是有人幫他做了決定。

「瞧我，跟蘇兄說這些做什麼。蘇兄應該很能體會，那種被爹娘逼著娶妻的難受吧？我不希望我往後也是如此，也不希望楊姑娘是被迫嫁給我。」

蘇顯武沒說話。

「那個，弟弟我有個不情之請，不知蘇兄能不能答應。」

蘇顯武抬頭看向了溫元青。

「蘇兄能不能忘了今日的事情啊？」

「為何？」

「心嵐是個柔弱的姑娘，楊家禮教森嚴，對姑娘家比較苛刻。今日她被綁了，若是傳出去了，我怕族中會責罰她，也怕她會想不開。」

「你放心，我不會多說一個字。」

「我聽心嵐說她很怕蘇兄，還哭過幾回。所以，蘇兄，你這會兒能不能先離開？我怕她醒過來看到你會……會……更害怕。」後面這番話，溫元青說得很小聲，又很小心翼翼，生怕惹怒蘇顯武一般。

原來她那麼怕他。

也是，對著他時，她哭過好幾回了，他應該早就猜到了她怕他才是。

「祝你們……」蘇顯武發現他說不出口，想到女兒說過溫元青對髮妻不好，便道：「好好照顧楊姑娘。」

他想，溫兄的髮妻應該是爹娘逼著娶的吧，所以才會不喜歡。如今這個是他喜歡的，他應該不會再跟從前一樣待她，他定會好好珍惜。

之前說要娶楊姑娘，有他娘和女兒的原因，這會兒突然不娶了，他心頭有一絲輕鬆，但又更添了幾分沈重。

「我會的，多謝蘇兄祝福。」

蘇顯武最後看了一眼楊心嵐，把她交到了溫元青手中，轉身離開巷子。

楊心嵐正在鋪子裡看衣裳，出門就被人打暈了，當她醒過來時，看到了面前這個溫潤如玉的公子。

「楊姑娘，妳終於醒了。」那公子激動得說。

楊心嵐靜默片刻，問：「是你救了我？」

「正是在下，姑娘沒事便好。」

蘇宜思一直開開心心在家等著好消息，然而，當祖母在算好的日子差媒人去禮部尚書府提親時，蘇顯武卻突然說不想娶楊氏了。

這下子，蘇宜思終於爆發了，她跑去蘇顯武的院子，質問他為何突然改變了想法。

「楊姑娘已經有喜歡的人了，那個人並不是我。」

蘇宜思怔住了。「喜歡的人？」

怎麼可能，母親絕不會有喜歡的人，她一直喜歡爹爹。

突然，她想到了一種可能。「難不成是溫元青？」

蘇顯武也感覺到了詫異，女兒怎知是他，不過他還是如實點頭。「正是他。」

蘇宜思沒想到母親又與溫元青有了交集，想到母親在溫府那些年受的委屈，她又著急、又難過。

「爹，娘不能嫁給他！」

「為何不能？」

「因為……因為您若是不娶娘，我又怎會出生呢？」蘇宜思反問。「難不成爹不想要女兒了嗎？」

聽到這個解釋，蘇顯武神色很是平靜，看著蘇宜思的眼睛，道了一句。「我若真娶了她妳才會消失吧？」

蘇宜思滿腔的怒火一下子滅了八、九分。

「如今我尚未娶妻，所以妳還在。若我真的娶了楊氏，生下妳，那這裡就有兩個妳了。而妳只有一個，所以，妳是不是就回到原來的地方去了？」

這個問題，蘇顯武想了很久了。

那日從青樓回來，他守在女兒床邊十日，就在想這個問題。後來他問過女兒，也沒得出什麼確切答案。最終，他想到了一個最簡單、最有效的法子。

若是不想女兒消失，唯一的辦法就是——

「妳不必再勸了，我這輩子都不可能娶楊姑娘。」

只要不娶楊氏，女兒就不會出生，既然不會出生，那就不會消失。

第十九章

蘇宜思被她爹的話嚇到了。她爹不娶她娘，竟然是因為她嗎？

可是——

「可您說的這些事情也未必一定會發生啊，您娶了娘，我也未必會消失。何必因為這樣的事情，您就放棄了呢？」蘇宜思道。

蘇顯武道：「我不想冒險。」

他不想因為一個只見過幾面的姑娘放棄朝夕相處了許久的女兒。「所以我不會娶她。」再次說出這句話，蘇顯武心中並非毫無感覺，那種悶悶的感覺只有他自己才知道。

「您之前不是答應了嗎，為何突然這樣？」蘇宜思很著急。「您應該是喜歡母親的啊。若是不喜歡，您也不會主動關注母親，還去救了她。您怎麼能因為這些並不一定會發生的事情放棄呢？」蘇宜思越說越著急。

「之前是我考慮不周。妳不必再說了，我是不會改變主意的。」說罷，蘇顯武冷著臉離開了。

他之前的確猶豫過，溫元青算是幫他做出選擇。

蘇宜思心裡難過死了。

這邊周氏和蘇宜思還沒能讓蘇顯武改口，那邊郭氏也登門拜訪，委婉的表示既是如此，這親事不能結了。連郭氏都這般說了，周氏當下只能陪罪，也不好說什麼。

之後便聽說文忠侯府要與禮部尚書府結親了。

也就是說，楊氏要嫁給溫元青了。

得知這個消息時，蘇宜思手中的茶杯掉落，碎了一地。

歷史又跟從前一樣了。

蘇宜思去找了蘇顯武。「爹，娘要嫁給溫元青了。」

沒想到爹爹卻沒什麼反應，蘇宜思很快就猜到了事實。「您早就知道了？」

蘇顯武平靜的道：「楊姑娘喜歡他。」

蘇宜思立馬反駁。「不可能的，我娘絕不可能喜歡那個人渣！」

蘇顯武聽到女兒對友人的評價，微微蹙眉。「妳怎知楊姑娘不喜歡？莫要亂下定論。」

「娘只喜歡爹爹一個人啊。」

聽到楊氏只喜歡他一個人，蘇顯武心中有一絲不易察覺的喜悅。但很快，這種情緒又消散了。

「即便是往後不喜歡，妳又怎知如今不喜歡呢？」

蘇宜思閉了閉眼，說出事情的真相。「因為娘就是溫元青那個被休棄的娘子。在溫府的那幾年，娘受盡了折磨。所以，爹，娘絕不能嫁給他。」

蘇顯武沒想到會聽到這樣的實情，怔住了。

他久久沒有講話。

蘇宜思終於毫無顧忌的把實情說出來，心裡也有一些輕鬆和茫然。她也沒開口，靜靜等著她爹消化消息。

女兒說過的話一句句映在他的腦海中，沈默了好一會兒，蘇顯武道：「妳娘幾年後和離，嫁給了我。妳祖母不會讓我這麼久不成親，也不會放任我回漠北。所以，在今年回漠北之前我也娶妻了，對吧？」

蘇宜思點頭承認了這一點。

「娶的難道是——」蘇顯武頓了頓。「容樂縣主？」

既然被她爹猜到了，蘇宜思再次點頭。

「也就是說，我跟縣主也和離了？」

「對。」

「那我為何會跟縣主和離？應該跟溫元青的理由不同吧？」

蘇宜思決定隱瞞容樂縣主和離的真正原因。「因為你們二人不相愛，爹爹又在邊關待了幾年不回府，所以才和離了。」

蘇顯武鬆了一口氣。

「今年您會娶容樂縣主，母親會嫁給溫元青。溫元青並不是真心喜歡母親，他又生性好色，府中納了不少小妾，娘沒少受氣，因為一直無子，在溫府也抬不起頭來。後來，溫元青休了母親，您跟容樂縣主也在當年和離。之後，您跟母親成了親，婚後您跟母親特別恩愛，然後生下了我。事情就是這樣的。若您此刻不去阻止，母親會在溫府受苦五年啊。」

說出這些，剩下的就看她爹怎麼選擇了。

蘇顯武道：「有一點妳說錯了，溫兄很喜歡楊姑娘。」聲音裡有說不出的酸楚。

蘇宜思詫異。「他喜歡母親？不可能。若是喜歡，就不會在府中納那麼多小妾了，也不會因為母親沒有孩子就休了她，更不會羞辱她。」

蘇顯武想到那日溫元青說過的話，想到他對楊姑娘的關注，道：「他是真的喜歡，他與我說過多次了。或許，因為妳的到來，有些事情已經改變了。」

蘇宜思皺眉，道：「就算他喜歡母親，可母親也不喜歡他。」

「楊姑娘喜不喜歡他，我不知道，但我知道楊姑娘不喜歡我。」蘇顯武道，聲音更是低落。

「那您喜歡母親嗎？」蘇宜思看著蘇顯武道。

蘇顯武側頭躲開了女兒的視線。「不喜歡。」

「爹，您看著我的眼睛告訴我，您喜不喜歡母親？」

蘇顯武始終沒看蘇宜思的眼睛。

「我不可能跟楊姑娘成親的，原因妳知道的，我那日就已經告訴過妳了。」蘇顯武鄭重的道。

後面無論蘇宜思說什麼，蘇顯武都沒有改變主意。蘇宜思又勸了幾次，可蘇顯武仍舊不改自己的決定。

蘇宜思又去找了周氏。

周氏對此也沒辦法。若是兒子想娶人家楊姑娘，她說什麼都會把兒媳搶過來。可兒子擺明了態度不想娶，對方又即將與文忠侯府訂親。她即便是阻擋楊府與溫府訂親，兒子不同意的話，這楊姑娘也不會成為她的兒媳。

蘇宜思見在國公府行不通，她便想到母親那邊。

她讓人往楊府遞信，把楊心嵐約出來，可卻得知了另一個消息。母親之所以會決定嫁給溫元青，是因為溫元青救過她。

跟母親分開後，蘇宜思一個人走在大街上。

她想，這件事情只能從溫元青身上下工夫了。

這個人陰險狡詐，是個道貌岸然的偽君子，她就不信這人會好心救母親。最好是找人查一查他，她手中沒什麼人，爹爹也不會幫她。那就只能找他的對頭了，比如，邵廷和，再比如，瑾王。

正想著呢，身後傳來馬蹄聲。

蘇宜思回頭看了過去。

馬車很快停在她的面前，裡面的人掀開轎簾，一張熟悉的臉出現在眼前。

看清來人後，蘇宜思笑了。「瑾王殿下！」

瞧這一張純真的笑臉，想到自己對她的誤解，她對自己的維護，向來覺得別人欠自己的衛景，突然覺得自己對這個小姑娘愧疚得很，這明媚的笑顏讓他有些不敢直視。

衛景壓抑住自己內心的情緒，道：「上車。」

「嗯。」蘇宜思開心的上了馬車。

坐上馬車之後，蘇宜思一直盯著衛景看。她是真的沒想到，年老的皇上年輕時會是這般模樣，長得也太好看了些。

衛景卻想著，這小姑娘怎麼就這麼傻呢？無論他做了什麼，誤會她、羞辱她，她都能這般毫無芥蒂的對他笑，這般無條件的信任他。

她也太喜歡他了吧。

衛景輕咳一聲，看向了蘇宜思。「咳，剛剛看妳神色不對，是出了什麼事了嗎？」

聽到衛景提及此事，蘇宜思的心思收了收，臉上露出難過的神情。

瞧著小丫頭臉上的神情，沒待她說什麼，衛景就快速說道：「妳別擔心，告訴我，我來幫妳。」

嚴公公坐在外頭，聽到主子的話，心中很是歡喜。

原本他們還要在揚州待上十天半個月才能回來，可京中傳信，說了此事。得知蘇姑娘有了難處，主子連忙加速處理問題，披星戴月騎著快馬趕了回來。

可惜路上遇到點事情，不然昨晚就能回來了。好在也不算太晚，事情還有解決的時間。方一進城，聽說蘇姑娘在外頭，就立馬換了馬車，製造了這一場偶遇。

他們家主子，終於有喜歡的人了，從今往後，不用再那麼孤單了。

聽到衛景要幫她，蘇宜思笑了。

果然，她沒看錯人，皇上年輕的時候跟年老的時候一樣，都會幫她！而有了他的幫忙，爹娘的事情一定可以解決。

蘇宜思細細的把自己遇到的困難與衛景說了一番。「他們四日後就要訂親了，這可怎麼辦啊。」

衛景瞧著蘇宜思擔憂的神情，手突然有些癢，想要摸一摸她的頭髮，但他忍住了。

「此事交給我來查，妳回府等著便是。」

蘇宜思欣喜點頭。「好。」

兩個人互相看了一眼，都沒說話，但臉上是帶著笑的。

片刻後，蘇宜思忍不住問了一句。「您為何要這樣幫我啊？」

她更想問的是，為何在原本的時間和現在都會無條件幫她。

這話卻把心機深沈的衛景給問住了。是啊，他為何要這樣幫面前這個小丫頭。是出於愧疚？還是出於感激？

「上次在琉璃閣，妳幫我擋了一下。」衛景答道。

「哦，是那件事啊，您不用放在心上。本就是我三叔做得不對，您不怪罪三叔就好。」

蘇宜思逮著機會就要說一些蘇顯武的好話，在衛景面前給他掙一些好印象。

「嗯。」衛景應了一聲。

馬車緩緩朝著歸安巷駛去，兩個人都沒說話，但氣氛卻很溫馨。

瞧著馬車馬上就要到歸安巷了，衛景突然道：「吃飯了嗎？」

蘇宜思搖頭。

「一起去吃個飯？」

「好啊。」事情解決了，蘇宜思心情也好了。

接著，馬車又調轉馬頭，朝著酒樓行去。

蘇宜思這一頓飯吃得開心極了，感覺什麼都好吃。

衛景這一路奔波，本沒什麼胃口。可瞧著面前的小丫頭大快朵頤的模樣，他也覺得有些餓了，陪著她吃了不少。吃飽喝足，二人離開了酒樓，馬車再次朝著歸安巷駛去。

馬車在巷子口停了下來。

衛景看著笑意藏不住的小姑娘，問了一句。「我之前那般待妳，妳不怨我嗎？」

蘇宜思略一思索，便明白衛景在問什麼，她搖了搖頭。「為何要怨您呢？您肯定有自己的苦衷。」

衛景靜靜的看著面前的小姑娘，他發現，不管是第一次見面還是現在，只要一提到他，小姑娘眼中就很是清澈。

「可世人皆說我是個陰險毒辣、不擇手段、不顧兄弟死活的人，就連妳府中的長輩也是如此認為，妳為何與旁人想法不一樣呢？」

蘇宜思看著衛景沈靜的神色，只覺得心疼。「您也說了，是世人認為，不是我認為。我認識的瑾王殿下，是個好人。」

有那麼一刻，衛景甚至覺得這小丫頭似乎透過他在看其他人一樣。她口中的這個完美的人，不像他。可不是他，又會是誰呢？

「為何這麼信任我？」

「因為您值得。」

這句話，終於讓衛景破防了。他先是微笑，隨後哈哈大笑了幾聲，抬手使勁揉了揉蘇宜思的頭髮。見她皺眉，這才停了下來。

「瞧妳，黑眼圈都出來了，趕緊回去睡一覺吧。過幾日我查清楚了，就給妳傳信。」

蘇宜思理了理頭髮，笑著說：「好，多謝殿下。」

下了馬車，蘇宜思一步三回頭，哼著歌回了府。

她今日真開心啊，有了瑾王的幫忙，爹娘的事情就有著落了。她還見了瑾王，與他吃了飯，感覺這一切都好不真實啊！

三日後，蘇宜思拿到了資料。

她就說嘛，溫元青怎麼會那麼好心，原來一切都是他設計好的。在別苑的時候是，上回救母親也是。而且，竟然是爹爹救了母親，後來被他截胡了。

蘇宜思拿著這些東西去找蘇顯武。

蘇顯武驚訝極了，不敢相信這些是真的。

「您去查查就知道了。」蘇宜思道：「娘原先為何嫁給溫元青女兒不知，但女兒知道，如今娘嫁給溫元青，是爹爹一手造成的。若以後娘過得不幸福，您就等著愧疚一輩子吧！」

說完，她就走了。

蘇顯武反反覆覆看了許久，騎馬出門了。

見她爹出門了，蘇宜思鬆了一口氣。她剛剛用的是激將法，就怕她爹不當回事，如今見他離開家了，她也就放心了。只不過，一直到了晚上，她爹都沒回來。

明日娘就要和溫元青訂親了，再不回來，明日可就來不及了。

蘇宜思一直聽著外面的動靜。可惜，一直到了第二日天亮，她爹都沒回來。

要不，再去找瑾王幫忙？

正這般想著，外面突然傳來消息。

蘇顯武在溫、楊兩家訂親時，把楊姑娘劫走了。

蘇宜思聽後，和周氏面面相覷。

京郊的客棧中，楊心嵐和蘇顯武面對面坐著。

楊心嵐身著一襲亮麗的衣裳，頭上戴了幾支釵環，濃妝豔抹，膚白唇紅，整個妝容和打扮看起來非常莊重。

蘇顯武一襲黑色勁裝，上面沾了不少灰塵，頭髮略顯凌亂，很是狼狽。

兩個人坐了約莫有一刻鐘，楊心嵐率先開口了。「你為何要這樣做？」

蘇顯武瞥了她一眼，頓了頓，反問道：「那妳為何不反抗？」

兩個人互相看著，眼神中充滿了探究。

「昨日是你給我送的信嗎？」楊心嵐又問。

蘇顯武搖頭。「不是。」

楊心嵐蹙眉。

「與今日的事有關？」蘇顯武又問。

楊心嵐沒答，再次問：「你先回答我，你今日為何要這樣做？」

「那日綁架妳的人是溫元青身邊的人。在寺廟那次，也是他把妳府裡的馬車調走了，再假意相救，包括妳爬山傷了腳，也都是他安排的。」蘇顯武把實情告訴她。

昨日女兒與他說過後，他並沒有完全相信，也沒有直接去找溫元青對質，他去查了這些事情是否屬實。直到今日一早才查清楚，那幾個綁了楊心嵐的人，正好好的在溫家莊子上待著。

蘇顯武說完，發現楊心嵐並不像想像中那麼難過，她的反應很平靜。

這不對勁，依著他對楊心嵐的了解，她即便是不驚慌失措，也該哭才對，可她除了一絲訝異和憤怒，似乎沒別的了。仔細想來，她這一路的反應也奇怪得很，竟然任由他綁走了她，不哭也不鬧。

與那封信有關？

「所以，信中寫了什麼？」

「有人告訴我，我身邊的丫鬟小蝶被溫公子買通了。」楊心嵐神情有些低落。

這樣一來，二人的說詞就對上了。小蝶做了溫元青的內應，幫著溫元青設計楊心嵐。

兩個人再次陷入了沈默，這氣氛著實尷尬。

楊心嵐一言不發。

蘇顯武不停喝茶。

「你為何要把我帶走？」楊心嵐抬頭看向蘇顯武。

蘇顯武拿著茶杯的手一頓，看了她一眼，道：「我剛剛已經解釋過了。」

楊心嵐卻道：「溫公子設計娶我，是我與他之間的事情，是楊府與溫府之間的事情。蘇公子得知了這樣的事情，完全可以告知我的父母，再者，還可以拿出證據當面拆穿他。為何要做這樣的事情？」

蘇顯武這會兒也有些後悔了，他覺得自己剛剛實在是太衝動了。

他今日一早去找過禮部尚書，結果碰了個釘子，對方不僅不信他，還覺得他是故意的，之所以這般認為，是因為之前他娘想要與尚書府訂親，如今訂親的卻變成了文忠侯府。

而他手中又沒有證據，隨後，他不知哪裡生出一股衝動，直接去了後宅，把人家女兒扛走了。

他幹的衝動的事又何止這一件，昨日女兒把證據給了他，他直接交給尚書府或者去找溫元青攤牌都行啊，可他自己非得去查。這跟他有何關係，他查什麼啊？他一跟楊心嵐沒關係，二不是刑部、大理寺之人，查案子用不著他。

可他就是去查證了，結果還把人家姑娘綁了。他這一路都在反思自己的行為，最終，為自己的行為找到了一個合理的藉口。

「因為那日在小巷子裡救妳的人是我。」

楊心嵐的神情終於不像剛剛那般平靜了。

頂著楊心嵐熱切的眼神，蘇顯武儘量平靜的說：「我怕妳是誤以為溫元青救了妳，才嫁給他，所以才做了此事。妳過得好不好與我沒什麼關係，可妳過得不好的原因不能是我。」

「所以，這個玉珮是你的？」楊心嵐從荷包中拿出一個玉珮。

蘇顯武看著楊心嵐手中的玉珮，驚訝的問：「怎麼在妳這兒？」

楊心嵐抿了抿唇，臉色微紅。「那日我被綁了，迷迷糊糊有些印象，知道被人救了，後來救我的人走的時候我因為害怕就用手抓了一下。」

「哦，那還給我吧。」

楊心嵐卻沒給他，而是握在手中。

「嗯？」蘇顯武詫異。

「你……你……你何時來楊府提親？」楊心嵐臉越發紅了。

「提親？」

楊心嵐忍住害羞，握緊了玉珮，反問道：「你今日做了這樣的事，打算如何收場呢？」

這話把蘇顯武問懵了。他只想著今日的親事不能成，卻沒想過綁走了人，該如何做。

「一會兒把妳送……送回去？」蘇顯武越說聲音越小。顯然，他自己也知道這是個餿主意。他在人家姑娘訂親時把人綁走了，破壞了兩家的訂婚宴，最後又想著若無其事把人送回去？

流言蜚語也能把人淹死。

「我楊家屹立數百年不倒，最重名聲，你把我送回去，就等於送我去死，不如你現在就殺了我。」

蘇顯武面露震驚之色。「妳既知曉後果這般嚴重，為何還要跟我走？」

「因為嫁你總比嫁他好。」

「那我今日若是不去呢？」

「那我也不會嫁他，我後半輩子大概就會在楊氏族中，與青燈古佛過一輩子了。」

蘇顯武心裡的怨氣一下子沒了，又添了幾分愧疚。

蘇宜思很快冷靜下來。她看著不知在想什麼的祖母，和盤托出所有的事情。

周氏聽後，一面罵溫元青，一面罵……兒子。

「我怎麼就生了這麼個不爭氣的東西。自己喜歡人家姑娘，救了人家姑娘，還讓給了別人。」

蘇宜思覷了一眼周氏的眼神，在旁邊故意道：「是啊，等到人家訂親時，才知道慌了。事情已成定局，這不晚了嗎？」

周氏卻道：「晚什麼晚，不晚的，這親不是沒訂嗎？」

蘇宜思眼珠子轉了轉，道：「還是祖母說得對，今日溫、楊兩府沒訂親。

「那祖母，今日這事該如何做才好？三叔這麼做，不是不給溫府和楊府面子嗎？往後人家可就埋怨咱們了。」

周氏壓根兒沒把這個當一回事，道：「那溫家公子自己做錯了事，還敢埋怨咱們？先前我沒怪他們搶了這個親事就已經很給他們面子了。這事啊，我諒他們也不敢多說一個字。」

自己看好的兒媳婦被溫家搶了先，周氏本就憋著一肚子火呢。之前是想著兒子不願意，所以她才沒把親事搶過來，如今兒子都已經搶了親，她還有什麼好顧慮的，自然是要支援兒子的。

「至於楊府，我兒處處比溫元青強，又救了楊姑娘，這對他們來說是好事。」

說著話，周氏就差人去楊府提親了。

今日因著楊心嵐被人劫走一事，溫、楊兩府已經成為了京城的笑話。尤其是楊府，自家姑娘被劫，這名聲可就不好聽。

楊家正愁雲慘霧，就聽到了安國公府來提親的事。

楊硯文立馬就怒了，哪有安國公府這般做事的！提親不成，就要搶親，搶完再來提親！這事他不能答應！

他正要把人打出去，卻被夫人攔住了。

因著今日發生的事，郭氏哭了很久了。「老爺，您可別衝動，那可是安國公府啊！而且，如今最好的法子，就是答應了他們的提親，這樣今日的事情就能有一個好的結局了。」

楊硯文怒道：「難道我要犧牲女兒的幸福嗎？那蘇家三郎就是個武夫！今日一早還過來與我說元青的不是，他信口開河，背後詆毀，分明是小人行徑。這樣的親事我不能答應！」

就在這時，楊心嵐回來了。

「嵐兒，妳沒事吧？」郭氏緊張的問。

楊硯文也一臉關切。「他可有欺辱妳？」

楊心嵐搖了搖頭，道：「爹娘，咱們答應安國公府的親事吧。」
楊硯文正要開口拒絕，眼角餘光瞥到了跟過來的蘇顯武，怒火中燒，拿起桌子上的書就砸了過去。沒砸中，楊硯文更氣了，拿起一根棍子追著他打。
楊硯文打了一陣子，打累了，終於停下來。
蘇顯武心想，這楊尚書明明是個文臣，打人怎麼這麼疼啊。
「爹，這幾個便是那日綁了女兒的人。」楊心嵐指著被蘇顯武拎回來，跪在院中，被打成了豬頭的四人。「他們……他們是侯府在莊子上的下人。」
聽到這些人的身分，楊硯文眼神立馬變了。
「爹，讓人把關在柴房的小蝶帶過來吧。」
這下真相終於大白了，楊硯文回想與溫元青相遇的那些事，氣得臉色通紅。
他著實沒想到，這文忠侯家的公子竟能做出這樣的事情。為了與他家結親，真的是什麼事都能做出。而說到底，這一切正是為了拉攏他，若不是被蘇顯武阻擋了，女兒豈不是被自己推到火坑裡去了？
楊硯文再看蘇顯武時，覺得他沒那麼討厭了，吩咐一旁下人。「去給將軍上藥。」
楊硯文這話一出，蘇顯武知道，這一關算是過了。
「楊大人客氣了，皮外傷，沒事。」

楊家雖然當下沒答應親事，但看這態度，結局也很明瞭了。

雖說周氏給兒子提親去了，晚上，蘇顯武回到府中，但該做的事情還是不能少。蘇顯武今日的行徑，令溫、楊兩府丟了面子，所以周氏罰兒子跪祠堂去了。

蘇顯武跪在祠堂中，開始思考今日做的事情，越想越覺得哪裡不太對勁。

蘇宜思過去給蘇顯武送飯時，他還在思考。

「對了，妳……妳娘，她是個什麼樣的人？」

蘇宜思心情好極了，笑著說：「我娘性子好，長得好，書讀得多，人也聰明。」

「聰明？」

蘇宜思點頭。「那當然了，咱們一家三口，娘最聰明！」

蘇顯武皺眉。

「可我之前見她，她每次都是哭哭啼啼的，說不了兩句就生氣，很是矯……」被女兒一瞪，後面那個字他沒說出口。

「爹也不看看您說了什麼話、做了什麼事！娘這個人吧，聰明是真的，但也好面子，膽子小。您凶她，她就哭。娘最怕您冷著臉大聲說話了，您也最怕娘哭，所以在娘面前都不敢大聲說話。」

那畫面……蘇顯武不敢想，他連忙轉移話題。「那妳外祖父是個什麼樣的人？對妳娘如何？」

「外祖父就娘一個女兒，最疼娘了。當年娘與溫元青和離後，楊家族中都要娘回族中祠堂度過餘生，外祖父沒答應……」

蘇顯武拿著筷子的手微微一緊，他竟然被騙了！

「不過爹爹放心，娘今日定會嫁給您，不會嫁給旁人了，也就沒有後面那些事了。」

蘇顯武扒了兩口飯，心想，他都劫走人了，如今也沒有更好的法子，他娶妻已成定局。只是——

「我若娶了妳娘，妳會消失嗎？」

「不會！」蘇宜思肯定的答。

上一回，她爹問她時，她措手不及。這回她知曉了爹爹的顧慮，即便是不知道答案，她肯定要給他肯定的答覆，不能讓他再猶豫。

「真的？」

「當然是真的。按年歲，我差不多要十年後才出生，您跟娘未必能生得出我。」

「若是生不出妳，妳豈不是也不在了？」

蘇宜思笑著說：「我本來就不該出現在這裡，可我還不是出現了？這本就是很神奇的一件事情。而且，您之前說，不跟娘成親，女兒就不會出生，我就不會消失。可女兒覺得，若是你們不成親，以後就沒了我，既沒了我，我又如何會出現在這裡？」

這話把蘇顯武問懵了。

蘇宜思把湯遞到蘇顯武手中，笑著說：「您成親或者不成親，女兒都有可能會消失，這件事情就沒有一個定論。我能多在這裡一日都是開心的，您不如順著事情的發展走下去。」

蘇顯武接過湯，心想，的確，他們參不透天機，也就只能這般順從下去了。

「對了，爹爹，您打算如何對付溫元青？」蘇宜思問。

蘇顯武道：「我既已經綁了那幾個下人，他自然知道我知曉了所有的事情。這麼多年的朋友，他這般欺瞞我，打他一頓都是輕的。」

提起溫元青，蘇顯武就來氣，他著實沒想到，這個人人品這般惡劣。

「這等人，自然是要與他絕交的。」

不光絕交，還要提醒修遠，莫要再信任這種人！

晚上，夜深人靜，看著祠堂裡的燭火，白日裡那個不敢想的問題躍入腦海中。

溫元青打楊府主意時，定然知曉他們府中與楊府的事情。既然知曉，他那日為何當作不知道，故意在自己面前說喜歡楊姑娘？他們侯府何時敢與國公府對著幹了。

而他記得，修遠一直想拉攏禮部尚書。所以，這件事情，修遠有沒有參與呢？

第二日，京城中討論得最多的就是昨日溫、楊兩府的事情，當然了，這其中被人拿出來說得最多的是蘇顯武。

照理說，蘇顯武攪了兩家的親事，這兩家肯定要打上門的。只是，這三家都安靜得很，沒鬧什麼動靜。眾人又在猜，是不是安國公府門第高，他們不敢。

隨後，就有人說起安國公府有多猖狂，逼著小門小戶不敢與他們抗衡。這傳言，慢慢有些不對味，倒不像是隨便說說，像是誰在引導一樣。

蘇宜思聽著下人們說起外頭的話，氣得連夜寫了個話本。

她爹正直，行事光明磊落，不會到處說溫元青的壞話，她可是煩透他了。他折磨母親，休了母親後，還羞辱母親。如今又騙了爹爹，還差點又騙了母親！竟然還把屎盆子往他們府上扣。

一想到這事，她就生氣。

酒樓裡吃飯的人聽著說書先生今日換了話本，又是公子、小姐的故事，便都來了興致。聽著聽著，越發覺得與京裡最近的事情有些像，聽得也更有興致了。

「原來那溫家公子竟然是這樣的人！怪不得蘇將軍會去搶親。」

「是啊，昨日還有人說是蘇將軍的不是，我就與人爭辯過。蘇將軍是功臣，是個好人，不會做這樣的事情。」

「聽說那溫公子在刑部判過不少冤假錯案……」

蘇宜思本想聽聽眾人聽過話本後，會如何罵溫元青，沒想到竟然聽了一耳朵他幹的那些混帳事。

「妳若想聽，我讓人專門講給妳聽。」一個熟悉的聲音在耳邊響了起來。

蘇宜思抬頭看向來人，臉上露出一絲笑容。

「殿下。」

衛景撩起衣襬坐下了。

瞧著面前的人，再想想溫元青所屬陣營，蘇宜思稍微一想就明白過來了，定是眼前的人找人編排的。

「好啊。」蘇宜思認真的應了一句。

她早就知道溫元青不是什麼好人，也對他做過的事情沒什麼興趣。不過，她可以回頭講給爹爹聽，讓爹爹知曉他的真面目。

衛景給身側的內侍使了個眼色，嚴公公連忙上前，跟蘇宜思講了起來。

蘇宜思聽得很認真，恨不得拿筆記下來。

嚴公公心中卻有些苦，想他身為瑾王身側的第一人，竟然幹起了說書先生的差事。無奈主子想要哄小姑娘開心，他不得不照做。
晚上，蘇宜思就去找蘇顯武了。
「爹爹可知外頭都在議論咱們府裡的事情？不過爹爹不用擔心，女兒讓說書先生把事情的真實情況說與大家聽了。」
「不必在意那些流言蜚語。」蘇顯武道。溫家不過是個侯府，他沒把對方放在眼裡。
「爹不在意是爹大度，女兒可受不了旁人那麼說您。」蘇宜思道。
接著她又說了許多溫元青的事，這些事多是今日從瑾王那裡聽來的，瞧著爹爹終於與她一起罵溫元青，蘇宜思覺得心中暢快極了。
不過，她覺得這些還不夠。爹娘的親事雖然定下來了，可蘇家的危機卻還沒有解決，自然而然的，她就想到了謙王。
想到今日瑾王與她說的那些事，蘇宜思頓了頓，道：「爹爹可還記得，之前皇上並不是想讓外祖父接替禮部尚書的位置？」
蘇顯武面露尷尬之色。「記得。」
他當然記得此事，當時他還懷疑女兒是不是瑾王那邊派來的。畢竟，最終修遠這邊的人沒做成，換成了如今的楊尚書，如今想來，自己真的是錯得離譜。
「那您還記得之前傳言要做禮部尚書的人是誰嗎？」蘇宜思又問。

蘇顯武思索了片刻，道：「我隱約記得是謙王妃娘家的一個長輩，姓李。」

「那您可知他為何沒能坐到禮部尚書的位置？」

蘇顯武瞥了一眼女兒，心想，那還不是瑾王的手筆嗎？因為他從小討厭修遠，所以一直跟修遠作對。

雖然沒得到答案，但蘇宜思還是自己說了出來。「我今日在茶館聽說，那位李大人之所以沒能坐上尚書的位置，是因為剛傳出消息屬意他接任時，短短一個月，他便在府中宴請了四、五撥人，此事被皇上知曉了。」

「約莫是個誤會，並非是宴請官員，是在府中商討政事。」蘇顯武下意識解釋。

說完，方才想到這套說辭好像是溫元青說的吧。再想到溫元青的為人，蘇顯武突然懷疑這事的真實性。

「才不是呢，就是宴請。李大人當時還從醉仙樓裡借了好幾個廚子呢，爹若是不信可以去問問。」蘇宜思反駁。

蘇顯武皺了皺眉。

第二十章

蘇顯武被周氏罰跪祠堂三日，第四日一早，他還未去找溫元青，謙王那邊的人卻來傳話了。

蘇顯武想，來得正好，他正想與修遠好好說說溫元青這廝的惡行，讓修遠看清楚他的真面目。然而，剛一到他們慣常去的茶樓，他還未開口，就聽那廝先開口了。

「阿武，你若是喜歡楊姑娘，直接與我說便是，為何要做出這樣的事情，令我、我家難看？」說這番話時，溫元青一臉委屈與無奈。

蘇顯武瞥了他一眼，冷笑一聲。難聽的話還未說出口，只聽謙王開口了。

「是啊，阿武，這回是你做得不對。大家都是從小一起長大的好兄弟，何必弄成這樣？你這般，文忠侯府的臉面往哪裡放？」

蘇顯武視線落在謙王身上，頓了頓，道：「修遠，你莫要被這廝騙了。」

謙王眼神微動，旋即又恢復如常。「阿武，你這話是何意？」

蘇顯武把溫元青做過的事情都說了出來。

聽罷，謙王臉色一僵，很快又笑了笑，說：「阿武，這裡面怕是有什麼誤會吧？」

誤會？那幾個綁了楊姑娘的人是他親自抓的，楊姑娘身邊的那個丫鬟也承認了此事，還能有什麼誤會？

這時，溫元青也道：「是啊，阿武，你誤會我了。我對楊姑娘一片真心，並不知你在說些什麼。」

「阿武，你也知道我處境艱難，五弟處處與我作對，焉知此事不是他所為？」謙王道。

「可不是嗎，瑾王一直跟咱們作對，如今阿武也要幫著他了嗎？」溫元青道。

這是想倒打一耙了嗎？

蘇顯武撇了撇嘴，道：「你家京郊的莊子上是不是少了幾人？」

謙王看了一眼溫元青，斥道：「你還不說實話嗎？」

溫元青今日本就是在作戲，目的倒不是為了顛倒黑白，而是想知道蘇顯武究竟知曉了多少事。如今既已清楚，便不再狡辯。

溫元青撲通一聲跪在地上。「修遠，阿武，我只是太喜歡楊姑娘了，才會出此下策。」

蘇顯武居高臨下看著溫元青，心中很是不屑。溫元青說的話，他一個字也不信。因為喜歡就要用這種下作的手段嗎？真是讓人不齒。

「阿武，若我知曉你也喜歡楊姑娘，我定然不會這般，一定拱手相讓。」溫元青又道。

蘇顯武真是被他噁心壞了，沒忍住，一腳踢了過去。

隨後，對站在身側的謙王道：「修遠，這等人，往後還是絕交了好。」

謙王道：「雖他做錯了事，但不至於……」

蘇顯武道：「修遠，你就是脾氣太好了，這等小人，我是絕不會再來往了。溫元青，往後若你再敢在外頭敗壞國公府和楊姑娘的名聲，我見你一次、打你一次！」

說罷，轉身離開了茶樓。

溫元青從地上爬起來，抹了抹嘴角的血，跪在謙王面前。「殿下。」

謙王端起桌上的茶吃了一口，緩緩道：「往後蘇三公子出現的地方，你都不要出現了，明面上也莫要再與我聯繫。」

溫元青頭垂著，面露恨意，道：「是。」

「我知道你心中委屈，但咱們若想成事，還離不了安國公府的支持。即便是國公府不支持咱們，也絕不能反對。」

「屬下明白。」

出了茶樓，蘇顯武仍覺心中很不暢快，騎上馬，到郊外跑馬了。在郊外跑了小半個時辰，瞧著日頭到了晌午，便回城去了。

回府的路上，路過醉仙樓，想到昨日女兒說過的事情，忍不住勒了馬繩。

他記得，那日溫元青為李大人打抱不平時，修遠並未說什麼。再結合今日修遠的表現，原本的一絲懷疑漸漸加深了。

接下來幾日，外頭關於溫元青惡行的傳言越演越烈，在朝堂上，御史也參了他一本。沒過多久，溫元青被罷官了。

溫元青被罷官的那一日，邵廷和提著酒去找衛景。

「今兒真開心啊！」邵廷和得意的說道：「我早就看溫元青不順眼了，今日可算是把他除掉了。」

衛景晃了晃手中的酒杯，端起酒飲了一口。

邵廷和給他倒滿，笑著說：「九思，還是你厲害。除掉了不說，還讓人不把此事算在咱們頭上，你也沒挨皇上訓斥，真是妙啊。」

溫元青被罷官，不少人都說是因為他得罪安國公府，倒是沒人說是瑾王與謙王作對了。若是以往，早就有人把此事算在瑾王身上，少不得又得被罵。

衛景瞥了邵廷和一眼，心道，這麼好的機會，不抓住他就是傻子了。從前溫元青有謙王護著，如今做出這等事，可是把楊府和蘇府都得罪了。他只須牽個頭，後面自然有人收拾。

不過，那小丫頭似乎很討厭姓溫的傢伙，若她知曉了此事，應該很開心吧。

「九思，你笑什麼？」

「嗯？」

「我問你笑什麼，一臉春心蕩漾。不知道的，還以為你在想哪家的姑娘。」

衛景瞥了邵廷和一眼，認真的反問道：「你怎知我不是在想姑娘？」

邵廷和沒想到衛景會這般回答，瞧著他一臉認真的的模樣，頓時一口酒卡在喉嚨裡，嗆得直咳嗽。等他緩過來，立馬問道：「哪家的姑娘竟然能入你的眼？」

衛景卻沒有回答。

這可把邵廷和好奇死了。見從衛景這裡得不到答案，連忙看向了嚴公公。只可惜，嚴公公嘴嚴得很，一字不發。

邵廷和纏著衛景問了許久也沒能問出答案。

一個月後，蘇、楊兩府正式定下了親事，蘇宜思心頭最大的事情終於塵埃落定了。她瞧著爹爹最近都沒去找謙王，越發覺得日子順心順意。

周氏見小兒子的親事定下來了，心頭也順意多了。

親事定在九月分，離現在還有段日子。再者，她早幾年就著手準備兒子成親要用的東西了，如今倒也輕鬆。

瞧著天氣漸漸暖和起來，周氏帶著府中的姑娘出門了。

周氏的馬車在前面，蘇宜思跟蘇嫣同坐一輛馬車。一路上，蘇嫣都沒怎麼說話。

蘇宜思瞧著沈默的蘇嫣，心想，難不成她這位姑姑竟變了性子？不過，她偶然與蘇嫣對視了一眼，就知道事情沒那麼簡單。不過只要這位姑姑別招惹她，她也懶得與她說什麼。

很快，她們到了昭陽公主府。今日是昭陽公主長孫的滿月宴，昭陽公主又是個八面玲瓏的性子，來的人自然不少。

雖說之前兩府親事沒成，但昭陽公主像是沒發生過此事一般，照舊熱情，照舊給蘇府遞帖子。

到了內院，不少人過來與周氏說話。

不知道是不是蘇宜思的錯覺，她總覺得祖母今日對旁人的態度很是熱情。熱情的與人說話，熱情的介紹她與姑姑二人。

漸漸的，蘇宜思發現，並非是她的錯覺，祖母的確是比之前熱情許多，而這種熱情的態度，又頗為熟悉。

祖母這是想給她相看人家了？

也是，她一到了成親的年紀，母親一直為了她的親事操心。不只母親，祖母也是如此。從她記事起，祖母就不怎麼出門應酬，日日在小佛堂禮佛。而每次出門，回來都鬱鬱寡歡，甚至會病上一場。

幼時她總不明白是為何，後來漸漸長大，知曉家中的變故，便開始理解祖母了。對於一個以往高高在上，被人捧著的貴婦而言，如今的冷落像是一把尖刀，刀刀刺骨。

可祖母卻為了她，隔三差五就出門，即便是被人嘲笑，也權當是沒聽到一般。

看著如今歡喜得向眾人介紹她的祖母，再想到往後那個主動與人攀談卻極少有人理會的祖母，蘇宜思眼眶一熱。

祖母去世時，也沒能看到她出嫁。她本對於成親一事有些排斥，如今卻覺得，若這回能滿足祖母，彌補她的遺憾，也算是一樁幸事。

這般一想，她便笑著與圍過來的眾位夫人聊了起來。

蘇嫣瞧著面帶笑容的蘇宜思，心中冷笑。果然是上不得檯面的東西，眼皮子淺。不過是三品官員家的嫡子，就讓她開心成這個模樣了嗎？殊不知，他們國公府的姑娘，配皇子也是配得上的。

不過，一想到這丫頭不過是個破落戶，小地方來的孤女，又覺得她配個三品官員的兒子綽綽有餘了。

見嫡母心思放在蘇宜思身上，蘇嫣悄悄退了出去。

蘇宜思滿足，她可不滿足。嫡母甭想讓她低嫁！她此生定要高嫁，嫁入皇家，享有尊貴的身分和地位。

見完眾位夫人，離開席還有半個時辰左右，蘇宜思想到一路走來公主府的美景，有些坐不住，便跟祖母說了一聲，出去了。

之前她就聽說公主府很漂亮，可惜因為爹爹與容樂縣主的事情，兩家是死敵，從未來往過，她也一直沒能來看看。

出了正院的門，在公主府侍女的引領下，蘇宜思逛起了公主府。逛著逛著，前頭出現一個熟悉的身影。

容樂縣主正坐在迴廊想事情，聽到腳步聲，側頭看了過去。

「見過縣主。」

「蘇姑娘。」

「縣主怎地一個人在此？」

「嗯，出來更衣，在這裡坐坐。」

兩個人雖然見過幾面，但並不熟悉，而且都不是那種善於應酬的性子，因此，聊了幾句後，蘇宜思便想要告辭了。

容樂縣主卻沒有結束的意思，她轉頭對引著蘇宜思過來的侍女道：「妳去瞧一瞧前頭開席了沒，若是開席了，過來知會我們一聲。」

像這種大宴席，幾時開席都是早早定好的，可謂是人盡皆知的事情，容樂縣主自然也是知曉的，她如今說這般話，那便是有話要與蘇宜思說了。

侍女在公主府多年，自然明白，識趣的道：「是。」

待侍女走後，容樂縣主臉上那一絲微弱的笑意也沒了，神色變得頗為認真。

「蘇姑娘，我記得妳曾與我說過，若是嫁給不喜歡的人，世上便是多了一對怨偶，而若是嫁給喜歡的人，餘生皆是歡喜。」

蘇宜思看著容樂縣主臉上的神情，暗道，難不成縣主想通了?她沒多問，只是點點頭。

「可若是我與喜歡的人之間差距太大又該如何呢？」容樂縣主臉上流露出濃濃的憂愁之色。

她本想著，父母之命、媒妁之言，她本該順了父母的意，嫁給他們認為合適的人。她也打算妥協了，與蘇家三郎相看、甚至成親，可卻聽說蘇家三郎有了喜歡的人。

雖然安國公府一直瞞著，但像他們這樣的人家，總能打探到一絲消息，譬如，蘇顯武看上了楊姑娘。

那一刻，她心中有一絲竊喜。母親最滿意的女婿便是蘇家三郎了，如今蘇家三郎無意與她家結親，母親一時之間也很難再找個這麼合心意的。過了沒多久，她得知安國公府放棄了楊府，那時候她的心如油烹一般，她說不清自己這般難受，到底是因為她可能還是要嫁給蘇家三郎，還是因為蘇家三郎錯過了喜歡的姑娘。

再後來，她聽說了那件傳遍京城的事情。

蘇家三郎竟然在溫、楊兩府訂親宴上，搶走了喜歡的姑娘。而後來，他們兩府也成功訂了親。母親聽說此事後，氣得砸了前朝的一套瓷器。

而她，卻歡喜極了，感覺渾身的淤塞都被打通了一般。

蘇三郎既然喜歡楊姑娘，當初就不該因為任何原因放棄。若他當初不放棄，也不會有後面的波折，安國公府也不會被世人暗笑。

與其事後再後悔補救，不如一開始就嫁給喜歡的人。

這段時日，她心頭的那一絲念想開始瘋長。可她知道，向來注重臉面的母親是不會同意的，所以，她沒敢提。

今日容樂是特意在這裡等著蘇宜思的，即便是蘇宜思剛剛不出來，她也會讓人把她叫過來。

她身邊有很多好朋友，可她不敢與任何人說，因為她知道她那些朋友一定不會贊同她的想法。想到那日蘇宜思與她說過的話，再想到她是蘇家的人，聽說還是蘇三郎帶回來的，她覺得，這個小姑娘一定懂她。

那個念頭快把她逼瘋了，她很想找個人說一說。

蘇宜思沒想到容樂縣主已經開始考慮她與侍衛的事情，心頭很是為她歡喜。

第一次婚姻的不順，對爹娘來說是個遺憾，對容樂縣主來說，又何嘗不是？若能讓容樂縣主早些得到自己的幸福，那就更加完美了。

「那就盡力縮小二人之間的差距。」蘇宜思道。

「縮小……差距嗎？」容樂縣主喃喃道。

蘇宜思記得，之後容樂縣主與侍衛二人成親後，京城中鬧得沸沸揚揚的。那侍衛沒再守護在縣主身側，而是入了軍中，晉升得很快，世人都道他娶了個身分高貴的貴女，受到公主府的提拔，不然不會晉升得這般快。

但她記得，爹爹曾經說過，這位侍衛是有真本事的，並非全都是因為公主府的提拔。可惜那時因為身分的緣故，沒人承認這一點。

「對，縮小了差距，自然就不會有身分上的問題了。」

容樂縣主看了她一眼，陷入沈思中。

二人又說了些話，蘇宜思瞧著容樂縣主心不在焉，便先告辭了。

結果，剛走出迴廊，轉了個彎，就撞見了簡王與蘇嫣二人。想到那日簡王看她的眼神，再想到傳言簡王思慕她早逝的姑姑，她便想繞道走。

然而，沒等她離開，就被人拉到假山後。

瞧著躲在假山後面的衛景，蘇宜思臉上的震驚立馬變成了驚喜。

她剛要開口，嘴就被他用手堵住了。

「噓！」衛景小聲道。

「怎麼不見你們府裡那個小姑娘？」簡王的聲音響了起來。

蘇嫣道：「您也知道，她是從偏遠地方來的，來了這裡後看到好吃的就邁不動腿，眼睛是四處瞧著，一副沒見過世面的樣子。」

聽到這話，衛景微微瞇了瞇眼。

「她年紀還小，喜歡吃吃喝喝玩玩也是常事。妳剛剛可有看到她？」簡王又問。

「沒有。」蘇嫣忍住不高興說道。

外頭靜默了片刻，只聽蘇嫣的聲音又響了起來。「我母親想要為她說親事呢。殿下剛剛是沒瞧見，她得知此事，開心得不得了，見了那些夫人也是諂媚討好，丟盡國公府的臉。」

衛景心頭突然煩躁起來，他蹙了蹙眉，垂眸看向面前的小姑娘。

「她要成親了？」

「還沒定下來呢，估計她是想找個家世最好的。」

「家世最好的嗎……」簡王低聲喃喃道了一句。

「是啊，就是個眼皮子淺的東西。」蘇嫣又道。

二人又說了幾句話，簡王便道前頭還有事，離開了。蘇嫣耷拉著臉，在原地站了片刻，也離開了。

蘇宜思看著蘇嫣的背影，心想，她這個姑姑可真是有意思，什麼時候都不忘在簡王面前抹黑她，怕是將來在簡王府，也沒少抹黑自家。

正想著呢，只聽頭上傳來了一個微冷的聲音。「國公府為妳相看人家了？」

蘇宜思抬頭看向了說話之人，這才發現，二人之間的距離極近，她連忙後退了一步。

瞧著這個動作，衛景臉上的神色更是難看，這是要與他拉開距離？

正氣惱著，只聽面前的小姑娘道：「嗯。有這個意思了，但還沒開始相看。」

衛景臉色稍微好看了一些。「妳想去相看那些年輕的世家兒郎？」

蘇宜思搖頭。

衛景臉色更好看了些。他就說嘛，這小姑娘這般喜歡他，怎麼可能會看得上旁人。

「妳若是不想成親，此事我倒是可以幫妳解決。」這小丫頭沒少在背後為他說話，這等小事他可以幫她。

蘇宜思頓了頓，道：「多謝殿下。不過，不必了，這件事情我可以自己解決。」

衛景想，這小丫頭素日裡也是個機靈的，她說能解決，定能解決。

見小丫頭離自己有些遠，他朝前走了一步，走到她的面前，抬手，揉了揉她的頭髮。

「嗯，若是解決不了，就來找我，我幫妳。」

蘇宜思抬頭看向了面前的男子，瞧著衛景眼中的認真之色，她心中的疑惑越發濃了。

皇上為何要對她那麼好呢？往後老了如此，如今也是。而且，當時皇上第一次見到她時，那震驚的神色，她迄今還記憶猶新。

既然皇上喜歡的不是姑姑，那他喜歡的人到底是誰呢？而那人，定是與她長得很像，不然皇上不會是那般的神色。

她這張臉這麼大眾嗎？與這麼多人撞了臉。

蘇宜思笑著道：「好。」

不管怎樣，與瑾王打好關係總是沒錯的，只要抱緊他這棵大樹，國公府就不會倒。

見她笑了，衛景也笑了，剛剛心頭那一絲說不清、道不明的不快，也漸漸消散。

短短一個宴席，周氏為蘇宜思相看了幾戶人家，同時也為庶女蘇嫣相看了幾個。

等到宴席結束，過了幾日，周氏便以各種藉口帶著蘇宜思出門了。

雖說蘇宜思身分上是個孤女，可安國公府卻很是重視。眾人瞧著國公府的態度，也有不少高門大戶想要把她娶回去。知曉內情的，更是不介意她的身分。畢竟，光是這一張臉，就知道蘇宜思這個孤女會在國公府受到優待。

等蘇宜思相看了兩戶人家後，蘇顯武才知曉此事。

蘇顯武這等有本事的人，皇上又怎會放任他閒在家裡，如今他被安排在兵部任職。他之所以知曉蘇宜思相看的事，是因為今日與她相看的是胡侍郎的公子，胡侍郎今日在部裡提及了此事。

蘇顯武又氣又急，比他自己去相看姑娘還難受。

到了蘇宜思的院子裡，蘇顯武就道：「妳祖母逼妳去相看人家了？」

蘇宜思笑著搖了搖頭。「祖母沒逼我啊，是我自願去的。」

蘇顯武皺眉。「妳自願去的？為何要去？」

看著蘇顯武的神色，蘇宜思笑了。爹爹這樣子，跟往後得知她要與人相看時的樣子可真像。

「爹，我年紀到了，自然要成親生子的。」

蘇顯武反駁。「妳哪裡到年紀了，妳還小。」

蘇宜思笑了，道：「不小啦，與我一般大的姑娘，都說定親事了，有些甚至已經成親了呢。」

蘇顯武覺得一口氣堵在心口，上不了、下不去。他忽而想到了一事，問道：「妳……原先可成親了？」

蘇宜思搖頭。「沒有，剛剛要開始相看，就來了這邊。」

蘇顯武鬆了一口氣。但一想到今日女兒剛剛去相看了人家，還是覺得不舒服。

「妳看上胡侍郎的兒子了？」

蘇宜思想到了今日見到的那個少年。人長得很精神，雙目炯炯有神，看起來也正派，不過談不上看上、看不上吧。

「一切都聽祖母的安排。」

她沒有喜歡的人，對成親也不排斥，所以只要覺得對方順眼，沒什麼大問題，都還好。

蘇顯武怒了，他覺得在自己身上的事情又重演了。

「妳怎麼能聽母親的安排呢？婚姻可是一輩子的事情，妳若是嫁了人，就要與他過一輩子的，妳想清楚了嗎？」他真的是生了個傻女兒。提起他的親事頭頭是道，非得讓他娶個喜歡的，不想他過得不幸福，怎麼到了自己的身上就不這般想了呢？

「妳莫要看輕自己，委曲求全！妳若是不敢拒絕妳祖母，就跟我講，我去說。妳是我女兒，爹爹護著妳！」蘇顯武憤慨的道。

「啊？」蘇宜思有些詫異，為何爹爹這般生氣。

蘇顯武瞧著女兒這樣，轉身就要去找他母親。

蘇宜思連忙拉住他。

「爹，女兒沒覺得委屈，也沒看輕自己。」蘇宜思道。

說實話，這些日子相看的這兩戶人家，可比她原先相看的身分強多了。那時哪怕她是侯府中的嫡女，也談不了太好的人家。而如今她不過是個孤女，卻能相看朝中大員，抑或世家貴族之子。

「人總是要成親的，有祖母幫我相看，我放心得很。」她雖然沒有遇到喜歡的人，也沒那麼想成親，可若有祖母把關，至少未來能順遂些。

蘇顯武盯著蘇宜思看了許久，瞧著她神色始終平靜，問：「妳真沒覺得委屈？」

蘇宜思搖頭。她真的沒覺得委屈。

蘇顯武也不知說什麼好了，只覺得心裡堵得慌，又與女兒說了幾句話，便離開了。

離開後，他直奔正院。

他還是忍不住去找母親理論了，希望母親不要給女兒相看人家。

說完，就被臭罵了一頓。

「可是思思與你說的，她不願相看？」周氏問兒子。

蘇顯武沈默了。

「我就知道是你自己的主意！思思可比你懂事多了。你自己不想成親，便覺得全天下的人都與你一般嗎？女子到了一定的年紀，就是要成親生子的，若是不成親，豈不是要當個老姑娘？」

「當老姑娘就當老姑娘唄，我又不是養不起她。」蘇顯武反駁。

周氏又罵了兒子一頓。「你這是說的什麼混帳話！你想讓思思當老姑娘，你可有問問她願不願意？」

蘇顯武又沈默了。他瞧著，對成親，他閨女沒有一絲不願。

被周氏罵了小半個時辰，蘇顯武垂頭喪氣的離開了。

回到院子裡，蘇顯武打了一個時辰的拳才覺得心中的鬱氣消散了些。不過，他仍舊很生氣，晚飯都沒吃就躺上床睡了，一晚上輾轉反側，難以入眠。

等到第二日一早，眼圈下都黑了。

不過，倒是想通了。既然娘和閨女都想要相看，他阻止不了，那就好好幫她把把關！

給蘇宜思相看人家，周氏是認真的。自從她放出消息，要給府中的兩個姑娘相看，便有不少人遞消息。周氏挑挑揀揀，選中四、五戶人家。她也沒有一棵樹吊死，打算都去見見。見的時候大家也不明說，只當作是偶遇，或者以別的藉口來相看。

對此，蘇宜思沒有任何意見。既然沒有喜歡的人，她自然樂得多相看幾個，找一個最合眼緣的。

過沒幾日，周氏便約好了第三戶人家。

這一次與前兩次不同，不是世家子弟，而是江南商戶之子。他之所以被周氏相中，是因為他今年剛剛中了狀元，是朝中新貴。

這次約在郊外的皇家桃園。

桃園是皇家修建的一座園林，起初裡面只有桃樹，每年一到三、四月分，桃花盛開的季節，這裡便飄滿了桃花瓣，極美。後來，園林擴大了些，除了桃花，還有不少其他的珍貴花木，園林裡還有湖泊小島。

原只有皇室中人才能來此，後來漸漸開放給世家貴族。不過，也只有三品以上的官員才有此榮幸，來這邊遊玩品茗，而安國公府自然可以出入。

新科狀元隨墨之所以能來，是因為他跟著國子監祭酒的夫人來的。

隨墨雖說是新科狀元，江南富戶，但在京城，這個身分真不夠看。蘇宜思雖是孤女，但卻出自安國公府。若能與國公府有了聯繫，隨家自然能在官場上更順遂一些。

國子監祭酒很欣賞隨墨，愛惜良才，便想方設法要與蘇府結親。

安國公也頗為喜歡這個新科狀元，私心裡，他更想把女兒嫁過去。周氏沒有反駁，而是讓安國公去問了問蘇嫣，得知蘇嫣不願，安國公沒再提及此事。

周氏冷哼一聲。她那個庶女，心比天高，滿心想要嫁給簡王，又怎會看上這些人。這些日子，她為蘇嫣挑選了幾戶人家，蘇嫣都不滿意，回回都以身體不適推脫了。

當真是個不識貨的。

不過，她活著一日，蘇嫣就別想嫁給簡王。想利用她死去的女兒當藉口，嫁入簡王府？她作夢！

蘇嫣拒絕了，周氏便為蘇宜思相看了。

衛景今日很是開心。

剛剛一下朝，他就瞧見他四哥去找安國公了，明裡暗裡表示想納小丫頭為側妃。然而，被安國公拒絕了。

「那丫頭身分太低了，不配做側妃。」

「做良娣也行。」

安國公剛剛那句話本是委婉拒絕，一聽這話，頓時有些不悅。「多謝殿下抬愛，國公府的姑娘永不為妾。」

「那姑娘不過是蘇家族中遠親，應該不算是國公府的人吧？」簡王道。

話說到這裡，安國公一點臉面都不想給了。「既入了我國公府，就是我國公府的人，殿下去找旁人吧，我安國公府的姑娘是不會入簡王府的。」

說罷，冷著臉離開了。

想到他那好四哥的臉色，衛景又忍不住笑了起來。

邵廷和過來時就瞧見衛景在笑，他便問了緣由。

今日瞧見這事的人頗多，想必很快就能傳遍京城，衛景便也沒藏著，與他說了。

邵廷和聽罷，也笑了。「國公府能屹立數百年不倒，果然是有些本事的。寧願做侍郎府的兒媳，也不願做皇子側妃。」

衛景正笑著，突然，笑容僵在臉上。

「你這話是何意？」

邵廷和道：「前幾日我遇到子俊了，笑得那叫一個春心蕩漾。」

「嗯？」衛景心中突然有了一絲不好的預感。

「那小子最近不是開始相看人家了嗎，侍郎夫人給他相看的姑娘中，有一人便是殿下剛剛說起的蘇姑娘。本來他還看不上人家的身分，結果，自從與蘇姑娘見了一面，就恨不得讓侍郎夫人第二日就去安國公府提親，再也不去相看旁人了。雖說咱們的四殿下身子不好，極少參與朝政，可子俊身上連個功名都沒，比四殿下差遠了，國公府竟也能看上他。可見，國公府是真的不在意身分。」

衛景嘴角的笑徹底沒了，手中的酒杯啪嚓一聲，被捏碎了。

瞧著碎掉的杯子，邵廷和一臉詫異。「這杯子怎麼這麼不結實，是官窯出的嗎？如今那些人也開始怠工了？」

下人連忙來收拾。

「蘇姑娘看上他了？」衛景問。

「誰知道呢，據那小子說，與蘇姑娘相談甚歡，說是蘇姑娘也很滿意他。你說說，蘇姑娘那般可人的模樣，怎就看上子俊那黑蛋兒了！真是一朵鮮花插在了牛糞上！」邵廷和開始憤憤不平。不過，這憤憤不平中，也有一絲羨慕，他啥時候能遇到個模樣好的姑娘啊。

衛景的拳頭捏得咯咯作響。

邵廷和就算是再遲鈍，也發現不對勁的地方了。他這好友是不是反應太大了些？

「九思，你這是……」

衛景眼神瞥向站在身側的嚴公公，那眼神極為冰冷凌厲，看起來要吃人。邵廷和極少見他如此模樣，嚇得閉上嘴。

嚴公公撲通一聲跪在地上。

「說！」衛景這個字幾乎是咬著牙說出來的。

嚴公公一字一字說了蘇宜思這段時日相看的情況，聽到蘇宜思已經相看了兩個，且兩個都很滿意，今日又相看了第三個時，衛景臉色陰沈得能滴出水來。

「為何不早報予我？」衛景質問。

嚴公公跪在地上磕頭認錯。「是奴才失職。」

那日，得知蘇姑娘要相看人家，主子並沒有什麼太大的反應。而蘇姑娘拒絕了主子的幫忙，主子也沒再問，他便以為主子默許了此事，也以為主子對蘇姑娘的感情沒那麼深。到了此刻，他才知曉自己錯得離譜，他險些壞了主子的大事。

「下去領罰。」

「是。」

邵廷和漸漸琢磨出味了。衛景是因為蘇姑娘去相看人家而發怒嗎？嚴公公可是從小跟在他身側的人，他從未見他受罰過，今日卻因為那小姑娘，罰了嚴公公。

他正糾結要不要冒死問一句，就見面前的人快步離開了。

「欸，九思、九思……你等等我。」

然而，衛景並沒有等他，直接朝著馬廄快步走去，騎了馬，朝著郊外的園林行去。

第二十一章

蘇宜思並不知今日要與誰相看，她聽從祖母的安排，在竹林中等著。很快，身後傳來了腳步聲，她回頭看了過去。

風吹過來，竹林裡沙沙作響。

來人一襲白色的衣裳，頭上插了一支白玉釵子，整個人在這滿目綠色的竹林裡顯得乾淨又清新，又覺得他與竹林融合在一起，本人就似一根竹子一般挺拔。

她知道，這人便是第三個與她相看的人了。

這人的外形倒是比前兩個都長得好看些。前兩個倒不是不好看，只不過是武將之子，粗獷了些，黑了些，這個像是個書生，白白淨淨的。

「見……見過蘇姑娘，我……小生……小生隨墨。」

隨墨雖出生商賈之家，但從小就開始讀書識字，這些年一直與書籍打交道，極少參與家中的生意。如今到了京城，中了狀元，也一心撲在朝政上。

自從他中了狀元，上門說親的人有很多，母親也欲為他從中選擇一門。不過，都被祭酒攔了下來。後來，在祭酒的安排下，他見了兩位姑娘，這是第三位了。

前兩位姑娘都是官宦之女，從小在京城長大，身上帶著濃重的貴氣，也不乏傲氣。見了幾次，許是覺得他身上的商賈氣太濃，他又太迂腐，便不了了之了。

他知道面前這位姑娘的身分，只是讓他意外的是，這位蘇姑娘竟然長得這般貌美，完全不似傳言中那般。

蘇宜思正欲回禮，聽到對方的身分，怔住了。

隨墨……這人竟然是隨墨！那位活在史書中，一生雖然短暫卻又無比燦爛的年輕狀元。他寫過不少文章，辭藻華麗，文筆斐然，見解深遠。這些文章被科考的學子們拿出來背誦並研究。他也作詩，雖不多，但卻首首都是經典。孩提時代，她背的第一首詩就是他的。眾人提及他時，誰不道一句天妒英才。就連父親是個武將，也對他讚不絕口。

沒想到今日她竟然能遇到這位活在史書中的人。

「咳，蘇姑娘。」隨墨沒想到對面這位姑娘看他的眼神竟然這般熱切，跟剛剛完全不同。所以，她這是覺得他長得好看？

想到這一點，向來極少與姑娘家說話的隨墨忍不住臉紅了。

經隨墨提醒，蘇宜思回過神來，福身行禮。「抱歉，隨大人，是我失禮了。」

「蘇姑娘客氣了。」隨墨回禮。

隨墨本以為這事就這麼過去了，二人要聊些別的，沒想到對面的姑娘卻落落大方的解釋起來。

「我不知今日來的人是隨大人。隨大人的文章詩詞做得好，小女子一直非常仰慕大人，沒想到今日竟能一見，故剛剛有些失神，冒犯了大人，還望大人莫要見怪。」

隨墨的臉更紅了些。科考的士子中不乏有人崇拜他，這一點他是知道的。只是，姑娘家崇拜他，他還是第一次知道。不過，他覺得，這位姑娘應是隨口說說的場面話吧，之前相看的那兩位姑娘也誇過他的才華。

「多謝姑娘。」隨墨客套的說道。

接著，他就聽到蘇宜思說起自己的詩詞和文章，滿口讚賞。

聽著蘇宜思的話，隨墨很是驚喜，他沒想到，這位蘇姑娘是真的讀過他的文章，還有自己的見解。不過，這位蘇姑娘著實客氣了，誇得他都有些不好意思了。

「姑娘謬讚了，不過是隨便寫的，當時並未想那麼多。」

「信手拈來就能寫得這麼好，足見大人的才華。」

兩個本來陌生的人，倒是因為這個話題漸漸拉近了距離。接下來，二人繼續談隨墨的文章，多半時候都是蘇宜思問，隨墨說。

「沒想到隨大人當時是這般想的啊。」蘇宜思驚訝的道。隨墨研究者眾多，看來有些竟然大大不對，若她有朝一日能回去，定要好好告訴他們。

「嗯，真的只是讀書煩悶了，隨手寫的，著實擔不起姑娘的誇讚。」隨墨道。

「那也是因為隨大人胸中有丘壑，才能寫出這般大氣的文章。」蘇宜思依舊在誇讚。

看著面前這個提起文章侃侃而談，眼中彷彿有星光的人，蘇宜思想，這顆璀璨的明珠，定不能再如原先那般曇花一現了。

衛景本以為蘇宜思是被逼無奈才來相看的，縱然剛剛聽到了好友與嚴公公的話，他依然抱著僥倖心理……如今親眼瞧見了方才知曉，自己竟然錯得這般離譜。

他們二人何止是相談甚歡，這小丫頭的眼神都快把那酸儒看化了。原來，她也會用這般的眼神看其他人，並不只是看他時是如此。

站在一旁聽了片刻，他終還是忍不住走過去，來到了二人面前。

更讓人氣的是，小丫頭的眼神一直看著其他的男人，並未看向他。這在從前是從未有過的事情，自從認識以來，小丫頭的眼神一直黏在他的身上。

所以，喜歡會消失的對不對？

這一刻，衛景想了無數種方法讓隨墨消失。

「恩公！」

隨墨率先看到衛景。

聽到這一聲稱呼，衛景的視線才看向隨墨。瞧著激動的隨墨，衛景微微蹙眉。

蘇宜思也終於瞧見衛景過來了，她眼神中有一絲意外。「殿下，您怎麼在此處？」

衛景的視線從隨墨身上收回來，看向蘇宜思。

他怎麼在此處？呵。這是覺得他壞了他們二人的好事不成？

衛景正欲抬腳走向蘇宜思，卻被隨墨攔下來。「多謝恩公救命之恩，請受小的一拜。」

衛景微微瞇了瞇眼，這是發怒的前兆。

「那日小的進京趕考，路遇賊人，多虧恩公出手相救，才讓小的活了下來。」

聽著隨墨的解釋，衛景終於想起這件事情。剛過年那會兒，確實在路上救過一行人。

這人就是這樣報恩的？他救了他，他竟然敢搶他的小丫頭！

想到那日的情形，衛景冷笑一聲，道：「出行那麼招搖，又無自保能力，是生怕賊人不來打劫嗎？」

隨墨臉上一絲惱色也無，恭敬的道：「恩公教訓得是，是小的太過愚蠢。」

蘇宜思看著面前的二人，終於弄明白某些事情了。

二十多年後，不論朝廷或民間，眾人皆知皇上對隨墨的賞識，也知隨墨政治生涯雖然短暫，卻在皇上尚未登基前，一直堅定的站在瑾王一派。對於此，不少人有疑惑。

瑾王重武，謙王重文。文臣們多是站在謙王那邊的，唯獨這位新科狀元不是。原來是因為瑾王救過他啊，有了這樣的際遇，也怪不得他會一直支持瑾王。

瞧著這二人之間的互動，蘇宜思走上前，笑著說：「這位是瑾王殿下。」隨後，又向衛景介紹。「這位是隨墨，隨大人。隨大人文采斐然，極有才華。」見衛景似乎不怎麼喜歡隨墨，蘇宜思再介紹時，還不忘補充一句，以期增加他在瑾王那裡的分量。

孰料，她說完這番話，對方似乎更生氣了。

「瑾王殿下。」隨墨再次行禮。

衛景看也未看隨墨，一直盯著蘇宜思。見她臉上一直帶著笑意，眼神也時不時看向別的男人。

「隨我過來。」

「啊？」蘇宜思愣了下，看向了衛景。心道，這是怎麼了？

「恩……」隨墨的聲音在身後響了起來。

「退下！」衛景冷著臉看向隨墨。

隨墨張了張口，又閉上了。瞧著離開的二人，似乎明白了什麼。

蘇宜思雖不知衛景今日究竟是怎麼了，但她看出衛景生氣了，而且，這怒意還不小。一時之間，她也沒敢說話，只得跟著衛景往前走去。

直到走出竹林，來到了一旁的桃林，衛景終於停下來。

蘇宜思累得氣喘吁吁，緩了一會兒才終於緩過來。瞧著背對著她，不知在想什麼的衛景，她問：「殿下，您今日是怎麼了？」

衛景剛剛平息一些的怒氣，因為這話又升起來幾分，他回過頭，看向了蘇宜思。

「我怎麼了，妳不知？」衛景朝著蘇宜思邁了一步。

衛景此刻臉上一絲笑意也無，眼神裡也盛滿了危險的信號。

蘇宜思是不怕他的，可此刻看著他這副模樣，也忍不住心頭一緊，腳步往後退了退。

「是真的不知嗎，嗯？」衛景一步步逼近。

終於，蘇宜思退無可退，身子貼到身後的樹上。

「不、不知。」蘇宜思緊張的回答。她的確不知衛景今日到底是怎麼了，只覺得他有些莫名其妙。剛剛一出現，就是一臉怒意，對隨墨的態度也不好。

再想到之前也有過一次，蘇宜思問道：「殿下是誤會了什麼嗎？」

誤會？

「那妳告訴本王，妳剛剛與那男子在做什麼？」衛景盯著蘇宜思的眼睛問道。

今日是來相看的。縱然蘇宜思並不是喜歡隨墨，此刻說起此事也會有些不好意思。她眼神有些閃躲，道：「咳，我祖母與祭酒夫人約好來這邊賞花。」

「只是賞花？」衛景又問。

當然不只是賞花，可這種事她又怎好開口說呢。蘇宜思抿了抿唇，含糊道：「嗯，差不多吧。」

「國公夫人讓妳一個未出閣的小姑娘與外男賞花？」

蘇宜思臉紅了紅。聽衛景的話，她也明白過來，看樣子衛景都知道了，便沒再掩飾，挑明了道：「殿下都知道了，還問什麼。」

瞧著蘇宜思的反應，衛景簡直要氣炸了。他忍住心中的怒意，伸出食指抬起蘇宜思的下巴，道：「之前不是說喜歡我嗎，如今怎又去看旁的男子？」

蘇宜思看著這一張在眼前放大的俊顏，心跳漏了幾下。暗道，年輕的皇上長得可真好看啊。不過，在聽到衛景話中的意思後，面露詫異之色。「啊？我……」

她何時說過喜歡瑾王？她怎麼不記得了。

看著這一雙懵懂而又茫然的眼神，見她開口要解釋，衛景直覺她接下來說出口的話不會是他想聽的，所以堵住了這一張嬌豔欲滴的唇。

這一次，他沒再用手，而是用唇。

雙唇相接的那一瞬間，蘇宜思瞪大了眼睛。瞬間，她的腦子裡變得一片空白，失去了思考的能力，耳畔傳來的是怦怦怦的心跳聲。

不知過了多久，唇上溫熱的感覺消失了，蘇宜思腦袋依舊昏昏沈沈，回不過神來。

衛景瞧著她這副呆呆傻傻又乖巧的模樣，終於確定了自己的心意。一開始他只當她是個長得漂亮、有意思的小丫頭，後來覺得這丫頭是自己人，要護在羽翼之下。今日聽說她開始相看外男，又親眼瞧見她與別的男子相談甚歡，心頭那種被人剜了一刀的感覺著實難受。

他到底是何時起喜歡上這個小丫頭的呢？

是她為他擋下了蘇顯武的拳？不，應是在那之前。若非喜歡，又怎會得知她背叛時那般憤怒。那是在騎馬之時二人離得極近之際？似乎也不是，若不喜歡她又怎會好心教她騎馬。難不成是初見之時？想到初見時，她維護他的急切模樣，衛景唇角染上一絲笑意。他雖不確定那時是否喜歡上她，但卻知只一眼他就記住了她。

如今既已明瞭自己的心意，那便只能是他的人了。

也不知小丫頭是何時喜歡上的自己，應該很久了吧，要不然不會那般維護他。既然她維護他，他也給她回應。

此刻風吹過來，零星的桃花飄在空中，落在蘇宜思的頭上。

衛景抬手輕輕拍了拍蘇宜思的頭，笑著道：「小丫頭，懂我的意思了嗎？」

蘇宜思漸漸回過神來。她剛剛竟然被皇上親了?!不對，確切說是瑾王。這簡直太過玄幻了。

瑾王為何要親她，她不懂啊。

衛景揉揉她的頭髮，交代她。「既然從前喜歡我，以後也繼續喜歡下去，莫要再招惹別的男子，聽到沒？」

「可我……我……」

「嗯？」衛景這會兒倒是極有耐心了，跟剛剛氣急敗壞的樣子判若兩人。

蘇宜思漸漸整理好自己的思緒。皇上是有喜歡的人的，而且特別喜歡那個姑娘。所以，瑾王是以為她喜歡他，所以才這般的？

她覺得，有些話還是要說清楚的。

「我並不喜歡您。」蘇宜思看著衛景的眼睛認真的說道。

衛景的眼神肉眼可見的變了，從溫暖變成了冷冰冰。「嗯？妳說什麼，不喜歡我？」

蘇宜思再次從衛景身上感受到危險。瑾王這是誤會她了吧？她可不能讓瑾王誤會她。

「您別誤會，我說的不是您想的那個意思。我是真的不喜歡您，不對，也不是不喜歡，確切說，我對您並無男女之情，但我非常非常崇拜您！」

蘇宜思沒想到自己後面說的崇拜之言沒起任何作用，瑾王依舊冷著臉看著她。

「不管將來會發生什麼事，我一定會堅定的站在您的身邊，這一點您放心！」蘇宜思再次表忠心。

衛景瞇了瞇眼，微帶繭子的拇指擦過蘇宜思的唇。這唇剛剛被他親過，此刻越發嬌豔。

「所以，只是崇拜，不是喜歡？」

蘇宜思感覺衛景並不想聽她說崇拜他，而是想聽另外一個答案，可她不能違背自己的本心，點了點頭。「嗯，是崇拜您。」

這一刻，衛景想到了之前小丫頭說過的話。她的確對他與眾不同，但話裡話外卻只是維護，並無他意。看向他的眼神，雖然熱切，但似乎也沒有男女之情。再想到她曾數次說崇拜他……而他那時只以為她是害羞。沒想到竟然是真的！是他會錯了意。

想他衛景平生第一次喜歡一個姑娘，竟然就被當面拒絕了，這可真是有趣。素日裡，只有他拒絕姑娘的時候，還不曾有人拒絕他。當然了，這也是他第一次喜歡人，旁人也沒那個機會拒絕他。

長久的沈默讓蘇宜思越發緊張和害怕。可話若是不說清楚，往後定會有更多的麻煩，她也只能說出那些話。

察覺到衛景一直摸她的唇，蘇宜思忍住緊張，道：「您一定是誤會了我，所以才會做剛剛那件事吧？這事怪我，您別生氣才是。此處只有您我二人，咱們只當剛剛的事情沒有發生便是。往後您若是有需要幫忙的事，我定會效勞。」

想當作沒發生？衛景冷笑一聲。低頭，以唇代替手，再次親了上去。

既然想當作沒發生，那就再來一次，讓她好好長長記性。

蘇宜思著實沒想到，她都解釋清楚了，衛景卻再次親了過來。這究竟是怎麼了？正想著呢，只覺唇上一痛，她下意識推了一下面前的人。

咬完，衛景離開了蘇宜思的唇。看著面前的小丫頭捂著唇，面露痛苦之色，衛景終於笑了。

「既然從前不喜歡本王，那就從現在開始喜歡。」

蘇宜思震驚極了，她沒想到衛景竟然會對她說出這種話，呆呆的看著衛景。

看著她這副模樣，衛景這回抬手捏了捏她的臉。

蘇宜思吃痛，神志回歸。

衛景用略帶寵溺又有些威脅的口吻說道：「別的男子妳就莫要再惦記了，喜歡本王一人足矣。」

瑾王這是在命令她愛慕他嗎？這個命令真是好生奇怪。

不過，看著近在咫尺的俊顏，她想，喜歡上瑾王這件事，似乎也不是什麼難事。想到剛剛那兩次親吻，心跳又加快了幾分。她竟然一點都不討厭瑾王親她，甚至，心裡隱隱生出一絲歡喜。

見小丫頭又害羞了，衛景笑了。

「走吧，再不回去國公夫人該著急了。」

看著走在前面的衛景，蘇宜思悄悄摸摸自己的唇，紅著臉跟了上去。等走出桃林，看著遠遠站在涼亭的隨墨，她突然想起一事。

「殿下。」

衛景挑眉，問：「嗯？捨不得與我分開了？」

從前還好，雖說衛景長得非常俊美，可她一見著他就想到皇上，她也沒動過別的心思，每次看他時都能保持鎮定。可如今，經歷了剛剛的事情，再看這張臉時，就忍不住緊張起來了，蘇宜思臉忍不住又紅了。

衛景心情好極了。

然而，在聽到接下來的話時，一顆心從天上落到了地上。

「這位隨大人家裡錢財頗豐，人又得聖寵，體質也比較弱，您可得多派些人手保護他，免得他被人害了。」蘇宜思忍住緊張，害羞說道。

「本王剛剛說的話妳都當耳邊風了是嗎？」衛景咬著牙問道。與他在一起，竟然還關心別的男子，甚至露出羞怯之意，當他是死的嗎？

蘇宜思連忙解釋。「不，不是這樣的，您別誤會。我剛剛聽說您救過他，所以想著，會不會往後他還會遇到這樣的事情。」

衛景忍著醋意道：「京城治安極好，他住在城中，十二個時辰都有巡邏的士兵。」

蘇宜思抿了抿唇。她記得，祖母曾說過這位年輕的狀元是在府中被人一刀捅死。那時他府中遭了賊，小賊盜竊時，恰好這位狀元醒了過來，因而被殺了。

但，流傳更廣的卻不是這個版本……

「從前便也罷了，他一心撲在政事上，不與任何皇子有牽扯。可如今，他知曉您是他的救命恩人，接下來定會與您走得近。您在士子中向來名聲不佳，若是有了他的助益，定能如虎添翼。可士子們向來是與謙王走得近，您說，若是謙王知曉他與您關係這般深厚，會如何做呢？」

她記得坊間有傳言，那賊人是謙王派去的。

雖說街談巷語不可盡信，皇上登基後，輿論難免對失勢皇子有所偏頗。但，有些事情，寧可信其有，不可信其無。保護好他，總是沒錯的。

衛景深深的看了蘇宜思一眼，滿臉的讚賞和欣慰。

不愧是他看上的姑娘，如此聰慧，還一心為他著想。

「所以，妳這是在為我考慮？」

「自……」見衛景突然靠近，蘇宜思緊張起來。「自然是為您考……考慮。」

這種話她從前也說過不少，表過不少次忠心，這會兒卻緊張到不行。

「莫要再讓我知曉妳去相看別的男子了，聽到沒？」衛景交代。

「嗯，知道了。」

「乖，等我找個時機與父皇說了此事，便去國公府提親。」

蘇宜思不知自己怎麼回的府，只覺得腦袋裡轟隆轟隆的。雖說上回瑾王戲弄過她一次，可這回，她能明顯感覺到瑾王是認真的，認真到要去找皇上說此事。

周氏瞧著她這魂不守舍的模樣，以為她是看中了新科狀元隨墨，也很是開心。

回到府中，與周氏告別，蘇宜思便回自己的院中。

躺在床上，蘇宜思仍舊能聽到自己比平時快了些的心跳聲，臉也熱熱的。她忍不住咬了咬唇，痛覺傳了過來。頓時，她又想到了剛剛在桃林發生的事情，只覺得臉熱得快要燒了起來。她連忙拉過一旁的被子，蒙上了頭。

被子下，她抬手輕輕碰了碰自己的唇。

唇上似乎還殘留著剛剛的溫度，那種讓人心悸的感覺還在，彷彿全身都被人點了穴位一般，渾身酥酥麻麻的。

這就是親吻的感覺嗎？而且還是跟皇上。

一想到這一點，蘇宜思感覺心跳又快了幾分。

她明明對他只是崇拜啊，什麼時候竟然變了質，對他有了非分之想。這會兒回想起與瑾王相處的點滴，心裡如灌了蜜一般甜。再想到老了的皇上，也覺得頗為讓人心動。

可那是皇上啊……她在想什麼。蘇宜思覺得自己快要控制不住自己了。

不過，很快，她想到了一事，心跳慢慢平復。

皇上不是會有喜歡的人嗎，而且還等了一輩子。這樣說起來，瑾王也會遇到喜歡的人。難道是因為她的到來改變了？還是說那位姑娘還未出現？

而且，那位姑娘應是與她長相十分相似，不然皇上在初見她之時神色不會那般震驚。

想著想著，蘇宜思臉上的紅暈消退，人也漸漸冷靜下來。

她與姑姑長相相似已是奇事，這樣的事，世上本就沒有太多。難道還有人與她相似？從前尚不覺得，如今想來，總隱隱覺得哪裡有些不太對勁。

今日衛景帶給蘇宜思的衝擊著實大，直到子時，她方才睡下。第二日醒來時，已經日上三竿。而衛景又差人遞過來消息，邀她午時醉仙樓見。

若是昨日之前，得知衛景要見她的消息，她定是會去的，絕不會拒絕。可如今，經過了昨日的事情，她突然覺得有些緊張。瑾王竟然會喜歡她，還親了她兩次，怎麼想，都覺得不可思議。

看著鏡子裡眼眸含春的人，蘇宜思感覺臉又熱了起來，臉上也漸漸爬滿了紅暈。

她一會兒又會見到瑾王了。所以，她穿什麼衣裳好呢？

一直在屋裡收拾了小半個時辰，蘇宜思終於打點好自己。

周氏瞧著穿著一身鵝黃色衣裙的孫女，眼睛一亮。「妳今日這身好看，顯得膚色又白又嫩。」

蘇宜思抿了抿唇，嘴角的笑意掩都掩不住。

蘇宜思藉口出去逛逛，中午不回來用飯了。周氏向來不會拘著她，給了她一些銀錢，又指派了幾個護衛跟著，便讓她出去了。

一出國公府，蘇宜思的心思就飛一般的朝著醉仙樓而去。

等到了醉仙樓，反倒是踟躕了。

她在馬車上停留了片刻，這才下了馬車。不過，去樓裡之前，她讓一同前來的侍女和護衛都等在了下面。畢竟，如今國公府和瑾王之間的關係還不太好，若是知曉她私下與瑾王見面，必然會生些波折。

一進樓，蘇宜思就看到等在門口的嚴公公。

「您請，主子在樓上。」

蘇宜思跟著嚴公公上了酒樓。

推開包廂的門，裡面安安靜靜的。她往裡走了幾步，就看到站在窗邊正往外看的衛景。這個背影，讓蘇宜思有些恍惚，她似乎看到了皇上。

雖中間隔著幾十年，可卻像是重疊了一般。一樣的孤獨，一樣的遺世獨立。

衛景聽到動靜回頭看向來人。那張臉本來是沒什麼表情的，在看到來人時，卻忽而生動起來，眼睛微彎，嘴角也向上揚。

不過，在看清蘇宜思的眼神時，那個一直壓在心頭的疑惑增添了許多。這小丫頭，看他時為何會是這樣的神情？像是在看他，又像是在看旁人一般。

很快，他收斂了自己心頭的疑惑，抬步朝著蘇宜思走了過去。

「想什麼呢？」衛景抬手拍了拍蘇宜思的頭。

蘇宜思回過神來，看著這一張不知何時近在咫尺的臉，瞬間緊張起來。「沒、沒、沒想什麼。」

「真的？」衛景狀似無意的問。問話時，他的頭微微垂下，更靠近了一些。

看著離得越發近的俊臉，不期然的，蘇宜思又想到了昨日的事情，紅著臉點頭。

見她如此，衛景沒再多問什麼，問道：「餓了嗎？吃些東西吧。」

沒等蘇宜思回答，衛景就很自然的牽起她的手，走向桌旁。

看著滿桌的食物，聞著飯香，蘇宜思的思緒漸漸回到面前的飯食上，本來沒覺得餓，這會兒也覺得想吃兩口了。

衛景讓屋內伺候的人退下，拿起一雙筷子，親自遞給蘇宜思。

蘇宜思仍舊覺得面前的一切好不真實。皇上竟然會喜歡她，還親自給她遞筷子。她何德何能啊！

見她遲遲不接筷子，衛景挑了挑眉，道：「需要本王親自餵？」

蘇宜思臉上露出怔忪的神色。

「也不是不行……」衛景緩緩道：「本王雖未做過此事，但凡事都有第一次。」

見衛景真的去挾吃食，蘇宜思更是緊張得不行。菜很快就到了眼前，蘇宜思受寵若驚。吃了吧，她覺得自己不配，把未來的皇帝當下人使喚；可若是不吃，豈不是拒絕了他的好意，似乎更過分。

這般一想，蘇宜思還是張口吃了。

瞧著小丫頭似乎有些局促和害怕，衛景抬手摸了摸她的頭，笑著說：「乖，這種事情妳得習慣。」

說罷，衛景又挾了一筷子菜送到蘇宜思面前。

他覺得，昨日自己可能太孟浪，嚇到她了。不過，這種事情一回生、二回熟，習慣了就好。

蘇宜思就著衛景的筷子吃了幾口菜，臉已經紅得不行。至於剛剛吃了什麼，她完全沒有注意，再這樣下去可不行。瞧著衛景又要給她挾菜，她瞥了一眼放置在一旁的筷子，連忙拿起來，道：「我自己來就好。」

說完，自己隨後挾了一口菜，吃了。

衛景笑了。

蘇宜思聽到衛景的笑聲，只埋頭吃飯，不敢看他。可時間久了，還是忍不住看他一眼，想知道他為何一直盯著她看。

「妳用的是本王的筷子。」

蘇宜思臉上本已經漸漸消退的赧色，突然間又脹紅起來。她這會兒是吃也不是，不吃也不是。

衛景突然大笑起來。

蘇宜思紅著臉看向他。

「逗妳玩呢，妳緊張什麼，本王又不會吃了妳。」說完這話，衛景終於從小丫頭的眼神中看到一絲羞惱。這才對嘛，小丫頭就該如此，沒必要如此怕他。

「王爺可真會開玩笑。」蘇宜思氣惱的說道。

瑾王真是跟她記憶中的皇上很不一樣，時常做些幼稚的舉動，不似皇上那般沈穩。

「吃吧，不逗妳了。」

發生了這些小插曲後，蘇宜思發現自己沒剛剛那般緊張和害怕，認真的吃起面前的菜。

這一頓飯蘇宜思吃得極好，用罷飯後甜點，蘇宜思突然想起了一事，問道：「王爺今日找我來所為何事？」

「我單名一個『景』字，妳可以喚我『阿景』。」說罷，衛景頓了頓，又道：「不過，妳比我小上幾歲，還是喚我……『景哥哥』吧。」

蘇宜思臉又紅了。她從未與男子這般親近過，更遑論叫得這般親切。見小丫頭又害羞了，衛景道：「叫一聲聽聽。」

「阿……阿……」

蘇宜思試了幾次，終究叫不出口。別說景哥哥了，連阿景她也叫不出口。

「妳若不叫，我便親妳一下。」

蘇宜思看著面前的這一張俊顏，嚇了一跳，心怦怦直跳。

「叫，不叫就親妳。」

蘇宜思忍著緊張和害羞，試著叫了一聲。「阿……阿景。」

「叫景哥哥。」

蘇宜思閉著眼，紅著臉叫了一聲。「景……景哥哥。」

話音剛落，唇上就多了一絲溫熱的觸感。這觸感，還帶著淡淡的茶香。她記得，剛剛瑾王沒吃幾口飯，一直在飲茶。

不對，不是說好了——「您剛剛不是說不叫才……」

「可本王也沒說叫了不親啊？」衛景說道。

蘇宜思明白了，自己又被耍了。可這會兒，除了羞惱外，還多了一絲甜蜜。

「您又逗我！」蘇宜思指責。

「我字九思，妳也可以喚我九思。」衛景道。

聽到這個名字，蘇宜思愣了一下。

字……九思？思？對了，從前他說過自己叫九思，竟與她的名字一樣？

可這不對啊。她從未聽說過皇上字九思，不僅她，旁人多半也是不知曉的，要不然，她的名字定要避開忌諱的。

這倒還是其次，她畢竟是閨閣中的女子，名字知曉的人少。可安國公府所在的那條街，卻是世人皆知的，為何要把歸安巷改為歸思巷呢？這裡面可是帶了一個「思」字。

安國公府降了級，所以把巷子中的「安」字去掉，這是可以理解的，那為何偏偏改成了「思」字。

「又發呆！」衛景敲了敲蘇宜思的頭。

蘇宜思回過神來，笑了笑，說：「只是覺得巧，我的名字與殿下的字重了。若早知曉，定要把字改過來。」

「無妨，名字就是讓人叫的，重不重的，沒那麼重要。」

聽到這話，蘇宜思心中一動，問道：「那若是街道、鋪子的名字中帶了這個字呢？」

衛景笑了。「我又不是父皇，管理商戶和街道的官員又怎會避諱這個。若連我的字都要避諱，怕是都不能起名字了。」

蘇宜思點了點頭，沒再多說。只是，心中疑惑更甚。這句話的意思是，若他將來真的成了皇上，即便是他自己不計較，那些官員在起鋪子和街道名字時也會注意的。

歸思巷……歸思巷……到底是怎麼回事呢。

想了一會兒沒想通，蘇宜思就把這個問題暫時擱置在一旁了。

二人分開時，衛景給了蘇宜思一個精緻的小箱子。

回府的路上，蘇宜思覺得暈乎乎的。她沒想到，有朝一日，她竟然能跟皇上這般親密。皇上說喜歡她，還與她一同用飯，飯後還送她東西。

回到府中，看到箱子裡的首飾，蘇宜思震驚極了，他竟然送她這般貴重的東西。

接下來一段時日，衛景又約了蘇宜思幾次，送她不少東西。若是以往，安國公府早就發現二人之間的事情了，只是，如今卻顧不得了。

蘇顯武婚期將至，府中一直在忙著這件事情。

安國公府沒發現，不代表旁人沒有發現。

蘇嫣早已把此事告知了簡王。而謙王，也早在二人第一次去醉仙樓時，便知曉了此事。

簡王欲求娶蘇宜思為側妃的事情，朝中知曉的人不少。畢竟，那日簡王是下了朝時對安國公說的，並未避著人。

謙王得知此事時，笑了。

他這個五弟，仗著那一張臉，向來風流。只是不曾想，竟然連安國公府的姑娘也敢碰。那小姑娘雖說是族中來的，但他知曉，安國公府上下對她有多重視。尤其是蘇顯武，更是視她為親人一般，不允許旁人輕慢的。

怕是衛景並不知曉這小姑娘在安國公府的地位，所以才敢這般玩弄。若是此事被蘇顯武知曉了，不知他會如何……

謙王先是把此事讓人透露給簡王，隨後，又約了蘇顯武。

他們二人已經一月多未見了。自從上次溫元青的事情發生後，蘇顯武似乎就想要遠著他了。謙王去約時，五次能見個兩、三回。二人再見時，也生疏許多。

今日也是如此。

「還沒恭喜阿武，馬上要成親了。」衛湛笑著說。他彷彿不知曉二人之間的隔閡，依舊笑得親切。

「修遠客氣了。」蘇顯武道。他這幾年遠離京城，不代表他蠢。

女兒從前跟他說了不少事，他沒有當真。但後來發生了溫元青那件事情，他便漸漸重視起來。近日來，他查過不少事情，這些事情，與女兒所說的事情竟然都重合了。

這也不得不讓他信了女兒的話。

年少時純粹的感情，怕是再也回不去了。

這五年，改變了很多事，也改變了很多人。他知道，修遠身在皇家，身不由己。但，他並不會參與其中。

「我聽說阿武最近與我五弟走得頗近。」謙王突然說道。

蘇顯武皺了皺眉，問道：「修遠這是何意？」

「沒什麼意思，只是那日聽人閒聊說起了此事，見你二人在一處。」

蘇顯武正色道：「只不過是路上偶然遇到罷了，並非你想的那般。」

他不親近修遠，更不會親近瑾王。最近他確實時常遇到瑾王，一開始兩人還拌幾句嘴，後來卻發現有些觀念一致，便多說了幾句。

只是，如今被昔日的好友帶著懷疑的口吻提起，還是頗讓人不舒服。

謙王向來是個有著玲瓏心思的人，最是會揣摩人心，今日說這般話已經讓人很是意外，接下來的話，更讓人不爽。

「阿武難道沒懷疑過什麼嗎？」

蘇顯武沒什麼好氣的問：「懷疑什麼？懷疑他是想拉攏我？」

他向來不愛彎彎繞繞，直接點明謙王的心思。

謙王卻道：「阿武誤會了，我並非這個意思。只是，我還聽人說了另一件事。」

蘇顯武肅著臉看向謙王，等待他下一句話。他本來很平靜，可等聽到謙王接下來的話，立馬炸了。

「聽聞，五弟與思思走得極近，二人時常去醉仙樓和珍寶閣，且，獨處一室。」

「你說什麼?!」蘇顯武倏地從椅子上站了起來。

好啊，他就說嘛，最近怎麼老是遇到衛景那廝，原來是黃鼠狼給雞拜年，不安好心。這個紈袴竟然敢打他女兒的主意，當真是活得不耐煩了！

「五弟身分貴重，相貌又好，按說是良配。只是，以思思的身分，怕是過不了父皇那一關，只能成為妾室。我記得，安國公數月前剛剛拒絕四弟，沒想到五弟竟然也敢打思思的主意。我怕思思年紀小，不懂事，被他騙了，到時候什麼事都晚了，所以趕忙跟你說一聲。」

「多謝修遠，這個人情我記住了，只是今日不能在此用飯了，我改日再請你。」

「阿武客氣了，咱們是什麼關係，不必如此。」

蘇顯武不想再說什麼，他滿腦子都是如何修理衛景那廝。

第二十二章

從茶樓離開後，蘇顯武冷靜了幾分。他本想著直接去找衛景的，轉念一想，又調轉馬頭回了府中，他得先確認這事是不是真的。

回府一盤查，更氣了，他那乖巧聽話的閨女竟然真的跟衛景來往甚密。

吃過晚飯，蘇顯武去找蘇宜思了。

等伺候的人退下去之後，蘇顯武直截了當的道：「思思，妳是不是喜歡衛景？」

瞧著女兒臉上爬滿紅暈，以及害羞的模樣，他還有什麼不懂的。

「妳怎麼會喜歡上他?!妳從前不是跟我講對他只是崇拜嗎？何時喜歡上他的？是不是他騙妳？」

雖然他最近覺得衛景不像之前那般討厭了，可也不會把女兒嫁給這種人啊。衛景是什麼人，他再清楚不過了。從小他身側就有不少世家貴女圍著，喜歡他的姑娘更是如過江之鯽，數不勝數。

蘇宜思想，她是何時喜歡上衛景的呢？她自己也不清楚。她本是對皇上沒什麼非分之想的，可是，自從那日衛景告訴她他喜歡她，她心底就多了一絲喜悅。

回想與衛景相處的點滴，越發覺得甜蜜。

「怎麼可能！他救過我，不會騙我的，是我自己喜歡他的。」

蘇顯武只覺得腦袋突突的跳著。

「他長得好看，人也好，我為何不能喜歡他？」蘇宜思反問。

蘇顯武氣得已經不知道說什麼好了，他坐下，喝了一口桌上的涼茶，冷靜了幾分。

「他是什麼身分？是皇子！而他要娶的王妃，家世不可能低於三品。妳是我的女兒，按說身分上相當。可如今，名義上妳是孤女，皇上是不可能同意這樁親事的。」

聽到這話，蘇宜思微微一怔。這段時日，她只沈浸於瑾王喜歡她這件事情中，倒是沒想過這一點。

「而且，妳從前不是說他將來會成為皇帝嗎？若真如此，想必後宮中應該有不少妃嬪，妳願意與人共事一夫？」

「他沒有成親。」蘇宜思低聲說道。

這一點倒是蘇顯武沒料到的，他有些驚訝的問：「他竟沒有成親？這不可能。不說他自己，那些大臣們就不會同意，國不可無儲君。」

「太子是從燕王家過繼的。」

蘇顯武更加驚訝了。「那他為何不成親？」

蘇宜思抿了抿唇，沈默了。

「嗯？」蘇顯武察覺到這裡面有什麼不對的地方。

「聽說他年輕時喜歡一個姑娘，後來那位姑娘失蹤了，那些年，他一直在找她。」

蘇顯武聽後久久沒能回過神來。這些話是在說衛景？那個紈袴子弟？不可能吧。可無數事情證明，女兒的話是真的，這容不得他不信。

許久過後，蘇顯武冷靜下來。

「妳也知道，他愛一個姑娘至深，而那個姑娘，可能是任何人，但絕不可能是妳，因為你們不屬於同一個時代。將來他定會遇到喜歡的人，那姑娘他怕是要愛到骨子裡的，不然不會一生不娶。妳還是早些放手吧，免得以後越陷越深，難以抽身。」

蘇宜思垂著眸，早沒了剛剛的精氣神。這些問題，其實早就存在，只是她一直沒去想罷了。

是啊，衛景會遇到喜歡的姑娘，而那姑娘不是她。

「讓妳祖母給妳相看幾個家世好、相貌好的，雖不如衛景那般富貴、大權在握，但至少衣食無憂，一生順遂。」

蘇宜思咬著唇沒說話。

見她這般，蘇顯武心疼得不得了，也不好再說什麼。但，心中對衛景的討厭又增加了幾分。他女兒年幼無知，衛景可是清楚知曉他不能娶他女兒，既然不能娶，又何必來招惹？總之，千錯萬錯，都是衛景的錯。

蘇顯武走了，蘇宜思獨自一人躺在床上思索剛剛爹爹說的話。

她這一個月，似乎被喜悅沖昏了頭腦，好多事情都沒細想。從前她的確不認為自己喜歡皇上，可如今一旦產生了這種想法，卻很難停下來了。

感情這種事，哪是說收就能收回來的。放出去的那一顆心，也找不回來了。

第二日下了早朝，蘇顯武就把衛景堵在宮門口，沒等他說話，上去就是一拳。

衛景一時不察，被蘇顯武打了一下。可他哪裡是能吃虧的性子，兩人又從小就不知打了多少回，他想也不想就反擊回去。

兩個人就這般在人來人往的宮門口打了起來。

來來往往路過的人，看清楚打架的二人後，也沒人敢上去勸架。

畢竟，這二人一個是王爺，一個是權臣之子，萬一勸不好，給家裡拉來仇恨就不好了。有那年歲大的，瞧見這二人打得火熱，早已習以為常，像是沒看到一般，目不斜視的從他們二人身旁經過。

兩人糾纏了兩刻鐘，直到宮裡的內侍來傳皇上的旨意，這才停下來。

不過，是換了個地方，跪著去了。

近日，北邊又有了異動。散了朝，皇帝衛韜留下了幾個重臣商議此事。幾人正商討著，就聽內侍來報，自己的五子和安國公府的小兒子打了起來。

這兩人從小就不合，頗讓人頭疼。從前還只是私下偷偷打架，今日竟然在宮門口打起來了，真是太不像話了。

安國公聽到自己兒子名字，立馬就道：「這個逆子，膽敢以下犯上，微臣回府後定會重重責罰！」

兒子打了皇子，安國公也只說帶回去責罰，由此可見，他極得聖寵，又沒怎麼把這件事情放在心上。

「這兩個孩子，從小就吵吵鬧鬧的。前些時候還聽說二人一起去了軍營，徹夜長談，不知今日又是為了什麼小事鬧起來。」

衛韜這番話透露出兩個信息。

一則，他把兩人打架看做是兩個孩子打鬧的小事，言語間能聽出來親切。

二則，點出蘇顯武與瑾王走得近。

安國公能在天子身側屹立數十年不倒，自然是有著本事。聽到這番話，腦子迅速轉動，道：「可不是嗎，承蒙聖恩，犬子從小就與幾位皇子玩在一起。今日與這位皇子一起吃飯，明日又與那位皇子一起比武。只是，犬子言行無狀，脾氣又急，常常一言不合就與皇子置氣。這都是臣的罪過，臣今日定要好好教訓教訓這個孽障！」

說著，安國公跪在地上請罪。

衛韜笑著說：「國公言重了，阿武是朕看著長大的，是個好孩子。」

說著，話音一轉，道：「只是，他二人今日在宮門口打架頗為不妥，就罰他們跪在大殿門口好好反省反省吧。」

「皇上仁慈！」安國公道。

這個小插曲過後，眾人又繼續商議起北境的事。

跪在地上時，衛景冷著臉道：「蘇三郎，你今日抽什麼風！打我做甚！」

蘇顯武哼了一聲，沒好氣的道：「你自己幹了什麼不要臉的事心裡不清楚嗎，還需要我說？」

「我幹什麼了，我怎麼不知道。」

「我呸！你要點臉吧，就你那爛名聲，還敢來招惹我國公府的姑娘。」

一聽這話，衛景氣焰頓時消了一半，道：「哦，原來是此事。名聲這種東西都是虛的，不管我從前是什麼名聲，總之我是真心喜歡思思的。」

蘇顯武冷笑一聲。「呵。真心喜歡？你莫要忘了，我爹說過，我們國公府的姑娘是不會為妾的。以你的身分也不可能娶她為正妃，既然不能娶為正妃，還是不要招惹得好。」

衛景頓時沈默了。

蘇顯武說得不錯，以他父皇的性子，是不可能讓思思成為正妃的。只是，這麼多年了，他只遇到一個合心意的姑娘，又怎可能輕易放棄。

不管這小丫頭是何身分，他定是要娶回府中的。只是，這些時日，他一直沒想到一個好法子。

「你怎知不可能？」衛景瞥了蘇顯武一眼。「事在人為。」

蘇顯武先是一怔，很快又回過神來，斥道：「呸！話說得怪好聽，你這番話，留給那些不諳世事的小姑娘聽去吧，我是不信你的。」

衛景對著他翻了個白眼，不屑的道：「我也沒想說給你聽，愛信不信。總之，你甭想阻攔，也阻攔不了。」

聽著這話，蘇顯武更氣了，揮起拳頭就想打過去，可揮到一半，想到這是何地，又忍了回去。這是皇上商議要事的地方，他爹也在裡面。雖說他爹不待見瑾王，可若是今日他敢在這裡動武，他爹肯定回家把他吊起來打。

君子報仇，十年不晚，等哪日去宮外再打他。

二人跪了約莫一個時辰，裡面終於散了。衛景和蘇顯武被衛韜叫進去訓斥了一番，訓斥完，衛韜就讓蘇顯武回去了。

殿內只剩下衛景跪著。

從小到大，一直都是如此。他父皇待他，甚至不如權貴家的孩子。近幾年方見好轉，但今日卻又讓他感覺回到了幾年前被冷落的時候。

殿內安安靜靜的，無人說話。

過了片刻，終於聽到衛韜開口了。「老五，聽說你最近與蘇家三子走得頗近？」

衛景頓時心沈了下去。那一絲剛剛升起來的父子之情，又淡了幾分。

衛湛一直與蘇顯武關係極好，二人常常約在一起打馬球、賽馬、喝茶聊天，他從未聽說父皇因此事盤問衛湛。

他最近不過與蘇顯武多見了幾面，父皇就要懷疑他與安國公府走得近了嗎？

「對，兒子最近的確與他走得很近。」

「為何？朕記得你二人從小關係就不好。」

衛景沈默了。為何……自然是因為他想要拉攏安國公府。好不容易等到衛湛與蘇顯武之間關係出現裂痕，他自然是要補上去。

只是，近一個月，他著急與小丫頭相處，才放肆了些，露了痕跡。

正踟躕間，只聽內侍來報。「皇上，賢貴妃來了。」

衛韜看了一眼跪在地上的兒子，對內侍道：「讓她進來吧。」

「是，皇上。」

衛景知曉，即便是賢貴妃來打了岔，剛剛那個問題，他也必須得回答。只是，該如何回答呢。

很快，賢貴妃就來到了殿內。

「皇上，您早上沒來得及用膳，臣妾也一直在宮裡等著您，想著您下朝了就能回去。沒承想，您這麼久都沒來，臣妾就擅自做主，過來看看您了。本沒打算吵著您，送了飯就回去的……」

賢貴妃正是謙王的養母，多年來頗為受寵。即便是年輕的妃子一撥接一撥的入宮，她的地位依然穩固。

「大老遠的，妳還親自過來，來人，給貴妃看座。」衛韜很是看重賢貴妃。

「臣妾這算什麼，不過是走幾步路罷了，皇上才是真的辛苦。」

二人說了幾句話後，賢貴妃才像是剛剛看到跪在殿中的衛景一般，對衛韜道：「皇上，瑾王這是又犯什麼錯了，竟然惹得皇上不高興？不過，地上這般涼，跪太久對身子不好。」

「哼，他如今翅膀硬了，早就不聽我的了。剛剛竟然在宮門口與安國公府的三郎打起來。」衛韜道。

這事賢貴妃早已知曉，可這會兒卻像是剛剛聽說一般，臉上適時露出驚訝的神色。

「啊，竟然還有這樣的事情？」

衛韜道：「可不是嗎，他向來是無君無父無兄弟的，性子野得很，他哪裡管是在何處，只要他不高興了，想打便打。」

這些話雖然多年未聽，但衛景也早已習慣了。自從母妃去世後，他在宮裡就甚是艱難。莫說是自己的父皇了，宮裡的太監們也是看人下菜碟的，誰都能來踩他一腳。

只不過，這樣難聽的話出自自己親生父親之口，還是讓人更難過一些。

「瑾王還小，皇上多體諒些。」

「小？他今年已經二十多歲了，還小什麼小！旁人家的孩子，三歲讀書，七歲便已知曉禮儀，可他呢，活了這麼多年，尚這般不懂事，丟盡了皇家顏面。」

「皇上莫要動怒，氣壞了身子就不好了。」賢貴妃勸道：「不過，瑾王如今雖然年歲大了，但一直沒成親，所以臣妾才說他是小孩，等他成了親，就懂事了。」

「成親？貴妃妳給他說了多少親事，都被他攪黃了，哪家的姑娘願意嫁給他這樣的人？況且他風評極差，世家貴女無人敢嫁。」

「皇上說笑了，瑾王畢竟是皇子，長得又是一等一的好，想要嫁他的人多得是，臣妾這裡就——」

賢貴妃向來厭惡衛景，給他介紹的世家貴女，無一不是有問題的。

衛景心中一動，生出一條計策，直接打斷賢貴妃的話。

「回父皇的話，兒臣近來與蘇三郎走得近，就是為了此事。」

果然，聽到這番話，衛韜的注意力轉移過來。「你與蘇三郎商議此事？」

衛景道：「正是。」

「那你看上了哪家的姑娘？」

賢貴妃心裡一緊，生怕衛景說出一個高門大戶的貴女。她正欲打斷衛景的話，就聽他說了一個人。

「兒臣看上了安國公府的姑娘。」

賢貴妃先是一驚，隨即又平復下來。安國公府只有一個嫡女，幾年前已經去世了，如今只有一個庶女，聽聞那庶女極不得寵，衛景真娶回來也沒什麼。

衛韜與安國公君臣關係極好，自然也是知曉的，聽兒子這般說，立馬就有些不悅。難不成，他這兒子真的生了旁的想法，欲娶一位庶女為側妃，拉攏安國公府？

「哪位姑娘？」衛韜冷著臉問道。

「去年蘇三郎從族中帶回來的一位姑娘，名叫蘇宜思，兒臣想娶她為正妃！」衛景朗聲說道。

衛景話音落後，殿內有一瞬間的寂靜。

衛韜看著跪在地上的兒子，滿臉不可置信，問了一句。「你想娶一個孤女為正妃？」

「是！」衛景如實道。

這一聲回答剛剛說出口，衛韜手邊的茶盞就扔了過去。許是他年歲大了，手有些抖，準頭不行了，這茶盞沒砸到衛景，而是落到地上。不過，衛景身上還是沾了些茶水和茶葉。

「混帳東西！你雖不成器，但好歹是朕的兒子，竟然這般自甘墮落！」衛韜不留情面的罵道。

坐在一旁的賢貴妃，看向衛景的眼神也像是在看傻子。縱然她想給衛景找個家世低的貴女，但也不至於給他找個孤女，好歹都是朝中大臣的嫡女，頂多那大臣沒什麼實權，或者姑娘不受寵還是有些別的缺陷。

「瑾王，還不快跟你父皇賠罪！你瞧瞧你剛剛說的是什麼話，把你父皇氣成什麼樣子。皇上，您千萬要保重龍體，不要動怒。瑾王從前不也看上過不少身分低的女子嗎，如今定也是一時貪圖新鮮，並非是出自真心。」

若是衛景能娶了那孤女，賢貴妃自然是拍手叫好。可她也知曉，這一點在皇上這裡過不了關，在勸解時，她也不忘上上眼藥。

賢貴妃不說衛韜還沒想到這一點，一說，他就來氣。

「貪圖新鮮……你自己數數看，這些年，你到底看上了多少姑娘！光是傳到朕耳中的就有二、三十，比朕的後宮還要熱鬧！你當為何那些貴女都看不上你？瞧瞧你自己的品行！」

衛景一言不發，垂眸看著地上。

看著他這個倔樣子，衛韜更氣了。「你母妃死得早，你還有老六要照顧，娶個孤女能給你帶來什麼？莫非這些年你腦子壞掉了不成！」

衛景嘴角露出一絲冷笑。

最是無情帝王家，這一點，在他母妃死的時候他就明白了。

父皇口口聲聲說是為了他和六弟著想，所以才想讓他娶個貴女，然而事實上，是為了父皇自己的面子，而這貴女，還不能身分太高，不然他這皇位坐得不安穩。

父皇是天下的主，若想讓自己與六弟過得好一些，最是簡單不過。給他們些差事，多留他們用膳，下面的人自然不敢欺辱。

很快，衛景臉色恢復如常。他抬起頭來，看向衛韜，平靜的說：「父皇是天下的主，兒臣是父皇的兒子，身分自然也尊貴，不管娶誰，都比兒臣身分低，兒臣覺得這姑娘挺好的，只想娶她為妃。」

雖說這話捧了衛韜，可他心中的怒火依然在，見兒子依舊堅持，怒斥。「冥頑不靈，滾出去！」

衛景沒有一絲反抗，站起來，道：「兒臣遵旨。」

說罷，轉身朝著外面走去。

他想要的，自然會自己去爭取。靠女人，從來都不是最好的法子。

他若真想靠女人成事，憑著他這張臉，早就能娶個身分高貴的女子。然則，夫妻一體，他只想娶個合心意的。

走出大殿時，陽光明媚，與殿內的冰冷陰暗完全不同。

衛景側頭看了一眼身後的大殿，心想，有賢貴妃在，這事算是成了兩、三成了吧？這般一想，衛景笑了，轉身朝著宮外走去。

殿內，衛韜被兒子氣得頭疼。

賢貴妃連忙過來給衛韜按了按，時不時安撫幾句。

見衛韜漸漸平復下來，賢貴妃試探的道了一句。「皇上，雖說那姑娘與瑾王的出身差距大，很不相配，但臣妾倒是覺得，她身分也不算太低。」

「怎麼不低了？無父無母，出自窮鄉僻壤。」衛韜冷著臉道。

「那是從前。如今再怎麼說，那姑娘也算是被安國公府養著了，身分自是提高了不少。

安國公夫人每次出門都帶著她，昭陽公主府的容樂縣主與她也玩得不錯。」

衛韜臉色好看了幾分，但嘴上還是道：「再怎麼說破天，也是個孤女。」

見皇上如此，賢貴妃沒再多言。不過，等離了大殿，她立馬就差人去打聽蘇宜思的事情了。既然衛景想要自毀前程娶個孤女，她說什麼都得幫一幫他才是。

很快，蘇宜思就得知蘇顯武和衛景打架的事情了，聽說後，她立馬來到祠堂。

蘇顯武正跪著，聽到動靜，回頭看了過去。瞧著自家女兒過來了，他感動的說：「還是閨女貼心，知道心疼我，這回給我帶了什麼好吃的？」

可惜，這回他失算了，蘇宜思不僅沒帶好吃的，還說了一大堆不中聽的話。

「女兒不是跟您說過嗎，瑾王是未來的皇帝，您為何要去欺負他呢？您知不知道，您這樣做可能會毀了您自己的前程，也會毀了國公府的將來。」

蘇顯武氣死了！「我欺負他？還不是因為他先欺負妳！」

蘇宜思詫異。「他何時欺負過我……」

說完，立馬明白過來。「您是因為我心悅於他，才找他麻煩的？」

蘇顯武氣得不想說話。

「他沒您想得那麼糟，他真的是個好人，您多了解了解就知道了。」蘇宜思道。

蘇顯武依舊不講話。

蘇宜思滿腦子都是衛景被打得很慘的模樣，也無心與她爹說什麼了，起身就往外走去。

蘇顯武瞧著她的舉動，有一絲不詳的預感，問道：「妳做什麼去？」

「去看看瑾王被您打成什麼模樣了！」蘇宜思道。

「不許去！」蘇顯武吼道。

「您好好跪祠堂吧，剩下的事情交給女兒。」蘇宜思也不高興了。即便她與瑾王沒有相愛，她也會去看的，可不能讓她爹得罪瑾王。

「妳給我回來!給我回來！」蘇顯武衝著蘇宜思的背影吼道。可惜，祠堂門口守著幾個人，說什麼都不放他出去，蘇顯武只能站在原地怒吼。

蘇宜思出了門就去找衛景了。

她沒去別處，直接去了瑾王府。然而，到了之後，才發現自己進不去，門口的護衛們似乎見多了她這樣的姑娘，絲毫不留情面，不給通報。

在這裡等了許久，就在她以為今日見不著衛景的時候，發現衛景的馬車駛了過來。

遠遠的，衛景就發現府門口蹲著一個小姑娘，離得近了，他看出小姑娘是誰。等到了跟前，他連忙掀開簾子。

蘇宜思抬頭看了過去，瞧著衛景臉上的淤血，頓時心疼得不得了。

「上來！」

蘇宜思隨衛景上了馬車。

馬車駛入王府後，衛景對嚴公公道：「讓門口的護衛去領罰。」

「是，主子。」

「是因為我嗎？他們也算是盡職盡責，就不要罰他們了吧？」蘇宜思求情。

衛景握住蘇宜思的手，看向嚴公公。「減半。」

「是。」

蘇宜思還欲說什麼，被衛景打斷了。

「妳可是知曉我今日受了傷，過來探望我的？」

蘇宜思點頭。

「妳三叔身上應該也有傷，妳怎麼不在府裡照顧他？」衛景自是知曉整個國公府與蘇宜思關係最好的人是蘇顯武。

「三叔常年在外出征，皮糙肉厚，應無大礙，您才是讓人擔心的。」

這話說得衛景心花怒放。

看吧，還是要娶個合心意的姑娘才是。身分高低又有什麼，日子是自己過的，開心最重要。

「妳問都不問我為何與妳三叔打架，就站在我這一邊嗎？」

「您又不會隨便與人打架。」

衛景笑得更開心了，這小丫頭怎麼就這麼可愛呢，說的話很是中聽。不過，這一笑，卻牽扯到嘴上的傷口。

「嘶！」

「很疼嗎？快回屋，我給您上藥。」

說著，蘇宜思拉著衛景朝著屋內走去。

內侍把藥箱放在桌上，便默默退出去了。

若是從前的蘇宜思，自然不會給人上藥。畢竟，她生活的環境中，極少有人受傷。可來到這邊的幾個月，蘇顯武多次受傷，全都是一些小傷口，都是她處理的。

蘇宜思熟練得弄好藥，準備給衛景上藥。然而，還沒碰到衛景，就被衛景抓住了手腕。

「給別的男子上過藥？」話語中有濃濃的醋意。

蘇宜思想也不想的答道：「是啊。」

「誰？」衛景臉色冷了幾分。

「我三叔啊，他很喜歡去外面打馬球，還一直在軍營中，常常受傷。」蘇宜思解釋。

衛景臉色好看了幾分，也鬆開抓著她的手。

蘇宜思小心翼翼的給衛景上藥。她已經很小心了，可衛景還是叫了幾聲。

「很疼嗎？」蘇宜思緊張的問。

衛景也說不出為何，明明面前的小丫頭年紀比他小，可在對著她時，他總會有些孩子氣的表現。明明沒那麼疼的，卻忍不住表現出來。

當真是越活越回去了。

「疼。」衛景故意道。

蘇宜思蹙了蹙眉，問：「那怎麼辦？要不，您還是請個太醫來看看吧。」

衛景笑了。「不必。」

若是請了太醫，明日就得成為全京城的笑話。

他還沒那麼弱。

「妳叫一聲景哥哥，興許就不疼了。」衛景挑了挑眉說道。

蘇宜思終於明白過來，衛景又在戲弄她了。「您又在逗我。」

「妳對我不必如此恭敬，叫我景哥哥便是。」衛景道。

蘇宜思抿了抿唇。

衛景抬手，把落在蘇宜思臉頰上的碎髮別在她耳後，低聲道：「或者，直接喚我衛景也行。」

蘇宜思的臉又紅了，有些不知所措。

「妳若再不叫，我便要親妳了。」

蘇宜思越發緊張了，兩手都不知該放在何處。「景……衛……景……」

「嗯？」衛景靠近了些，一副欲聽清楚的模樣。

蘇宜思緊張到不行，聲量提高了些，咬咬牙，道：「衛景！」

衛景笑了，笑聲傳入蘇宜思的耳中，那笑聲極為爽朗，聽起來心情不錯的樣子。

蘇宜思被他笑得有些慌，問：「您……」

剛想用敬語，又想到了剛剛衛景的話，立時便換了稱呼。「你笑什麼？是我剛剛說錯了什麼嗎？」

衛景瞧著她這副呆呆的模樣，低頭快速在她唇上啄了一口。

蘇宜思驚住了，用手捂住唇，一臉控訴的模樣。

不是說好的，叫了就不親了嗎……

「我瞧著妳聽話，獎勵妳的。」衛景一本正經的說道。說罷，還不忘摸一摸蘇宜思的腦袋。

真想趕緊把這小丫頭娶回家啊！娶回家，藏起來，誰也不讓看見。

也不知賢貴妃那邊的枕頭風吹得如何，若是不行，他可以給她添一把柴。

蘇宜思是巳時過來的，一直待到天色擦黑才回去。而且，是衛景親自送回去的。

這回衛景沒有避嫌，直接把蘇宜思送到了國公府門口。

蘇宜思臉色紅紅的，嘴巴也有些腫，整個人暈乎乎的，倒是沒發現這個異常。

「這幾日先不要出府，等我消息。」衛景交代。

蘇宜思有些不明所以，但還是點頭應下了。

衛景拍了拍蘇宜思的頭，道：「進去吧。」

「嗯。」

瞧著蘇宜思進了門，衛景這才放下簾子離開了。

如今再避嫌，也沒什麼必要了。想必，他今日在宮裡做過的事情和說過的話，等明日一早定能傳遍京城的大街小巷。畢竟，他有一個結交四方、看他病要他命的三哥。

衛湛和賢貴妃絕不會放過這個好機會的。

事情果然與衛景預料一般，第二日一早，街頭巷尾就說起此事。

「那安國公府的姑娘不知是何等仙姿，竟能讓瑾王求娶！」

「是啊，瑾王雖然紈袴，可長得好看啊，又是王爺，身分高貴。」

「哎，我聽說簡王也曾求娶這位姑娘。」

「真的假的？真想瞧瞧這位蘇姑娘長什麼樣。」

這一日，圍在歸安巷口的路人多了些。不過，這些人也只敢在巷口看看罷了，沒人敢真的去安國公府門口蹲著。

蘇宜思是吃午飯前得知的此事。

蘇嫣一直盯著她這邊的動靜，這樣的事情自然不會錯過，特意來她院中與她說了一番。

「瑾王與皇上說了？」蘇宜思很是震驚。雖說衛景從前就說過要娶她，也說過要與他父皇說，但那日與爹爹聊完之後，她便知此事是癡人說夢了，皇帝不會同意。

蘇嫣嘴角露出譏諷的笑。「是說了，又如何？皇上不僅沒同意，還發了好大的火。大姪女，我勸妳還是認清楚自己的身分比較好，莫要癡心妄想。妳不過是個孤女，皇子，不是妳能高攀的。」

雖然蘇嫣說的是事實，可蘇宜思還是覺得很開心。不管皇帝是否同意，衛景去說了此事，便已經表明他對她的重視。而且，衛景想做的事情也未必不會成真。

蘇顯武也沒料到昨日在與衛景打了一架之後，衛景竟然找皇上說了此事。看來，是他誤會衛景了，以為那廝只是在玩弄自己女兒的感情。

不過，這事說到底還是很難成，而且，衛景也不是良配。

這事傳得沸沸揚揚的，不僅京城的百姓們在談論，世家貴族也在討論此事。有人猜測瑾王是鬼迷心竅，才會想要娶個孤女自毀前程；也有人說瑾王是故意向安國公府示好，想要拉攏安國公府。

總之，此事大家在背後沒少討論。

衛韜得知此事，很是生氣，讓衛景閉門思過十日。瞧著衛韜這般態度，大家也不敢在明面上討論了。

簡王可是坐不住了。他那日被安國公擠兌了幾句，很是沒臉，沒想到這才過了多久，五弟竟然也去求娶那姑娘了。

他這個五弟從小就不是個好東西，小時候就想要害他。他現在身子不好，都是拜這弟弟所賜。如今這般，一定是故意的，故意搶他喜歡的姑娘！

第二日一早，簡王就上門去討說法了。

衛景從沒把他這個四哥當回事過。他這個四哥，就是草包一個，身子不好，腦子也不好。

一開始，衛景還坐在那裡聽他說幾句，聽著聽著，覺得不耐煩，便讓人把他轟出去。

新仇舊恨加在一起，簡王這回是真的怒了。

第二十三章

衛景說讓蘇宜思在家裡等著，她便在家中等著了。等了約莫十日，衛景再次上門，正式拜訪國公府。可惜，他在府中坐了一日，既沒能見著蘇宜思，也沒能見著國公府的主子。

蘇宜思壓根兒就不知道衛景來過，還是第二日蘇嫣透露的消息。當然了，蘇嫣告訴她此事也不是安什麼好心，純粹是看她的笑話罷了。

這下可把蘇宜思急壞了。

府裡的人怎麼能如此待衛景呢？他可是未來的皇帝。想想國公府的沒落，蘇宜思想著得趕緊彌補一下。可惜，周氏如今對她嚴加看管，不讓她出門了。

蘇宜思愁得不行，想著讓人給衛景送封信過去，結果信也沒能送出去。

就在她一籌莫展之際，蘇顯武來了。

「妳想見衛景？」

蘇宜思知曉爹爹不喜歡衛景，所以沒把希望寄託在他身上。可今日聽到這話，卻覺得似乎不是沒有希望。

「對，爹爹能幫女兒嗎？」蘇宜思殷切的看著蘇顯武。

蘇顯武看著女兒求救的眼神，再看她憔悴的模樣，心軟了。

「妳要知道，你們倆是不可能的。妳祖母不讓妳出門去見他，也是為了妳好。爹知道他長得好看，可一個男人光是長得好看有什麼用？得人品好、有本事才行。」

「爹～～」蘇宜思扯著蘇顯武的衣袖撒嬌。

「罷了罷了，我就幫妳這一回。妳這一次去跟他講清楚了，往後，莫要再見面了。」

蘇宜思急了。「爹，您知道的，他可是將來的——」

話還沒說完，就被蘇顯武打斷了。

「我知道妳想說什麼，他是將來的皇帝，咱們不能得罪。可如今咱們府地位尊崇，無須再靠著這個從龍之功，咱們哪個皇子都不支持。所以，將來無論誰登基，國公府都能屹立不倒。」

「可之後咱們府還是沒落了啊。」

「妳不是說是因為太親近謙王嗎？如今爹已經遠了他了，現在與哪個皇子都不親近，所以，妳安心便是。」

蘇宜思還欲說什麼，可卻不知該如何說了。當務之急，是先見衛景一面。

「我現在就想見他。」

蘇顯武看了看外面微暗的天色，琢磨了一下，同意了。

蘇宜思收拾好，蘇顯武便帶著她去找周氏了。
蘇顯武與周氏說，瞧著蘇宜思最近狀態不佳，帶她出去吃些好吃的，散散心。
周氏是心疼蘇宜思的，又知曉兒子不可能幫著孫女見瑾王，所以很爽快的同意了。
蘇顯武打聽到衛景在琉璃閣，便帶著蘇宜思去了。
路上，蘇顯武道：「妳也看到了，他如今還是這般花天酒地，還逛青樓，這樣的男子有什麼好的？」
蘇宜思抿了抿唇，道：「我相信他。」
她心中雖有些不悅，但她還是相信衛景不是這樣的人。
蘇顯武讓蘇宜思在下面等著，自己上去找衛景了。很快，衛景隨著蘇顯武下來了。
看到衛景的那一瞬間，蘇宜思眼淚立刻掉下來，她從車上跳下來，跑過去抱住衛景。明明二人只是十多日沒見，可卻覺得幾月不見一般。她從前也沒覺得這麼喜歡衛景，這會兒卻覺得似乎沒他不行了。
衛景心頭的鬱氣在見著蘇宜思時，也全消散了。他抬手摸了摸蘇宜思的頭髮，柔聲道：「哭什麼？見著我不是應該很開心嗎？」
趴在衛景懷裡哭了一會兒，蘇宜思甕聲甕氣的說：「就是因為太開心才會哭。」
衛景笑了，撫摸著蘇宜思安撫她。

這場面應是非常溫馨的，奈何旁邊有個不解風情的。

「咳！」

聽到這熟悉的聲音，蘇宜思連忙鬆開衛景。

「大街上摟摟抱抱成何體統？你二人有什麼話去馬車裡說，說完以後就不要再見了。」

不待衛景說什麼，蘇顯武上了自家馬車。

衛景轉頭看了眼停在一旁的華麗馬車，拉著蘇宜思的手上了馬車。

就這樣，蘇顯武在前，衛景的馬車遠遠跟在後面。

天色已黑，宵禁即將開始，路上幾乎沒有了行人，空盪盪的。

一上馬車，蘇宜思就委屈的解釋。「我不知道你那日在府中等了一日，這幾日我也沒能出府。」

聽到這話，衛景一把摟住蘇宜思，抱進自己懷中。

他早知曉這小丫頭對他極為維護，定不會因為父皇不同意，就拒絕見他。可那日國公府說小丫頭不想見他時，他還是當了真，心頭有說不出來的難受。想他衛景一向是自信的，卻頭一回變得不自信。

雖不自信，但仍舊在想著法子解決此事。他想要的人，一定會成為他的人。

「妳安心等著便是。此事我正在籌謀中，定能把妳娶回府。此事，誰也阻擋不了。」

賢貴妃的枕頭風吹得還是不怎麼好，她並沒有完全在撮合他與蘇宜思，反倒是在父皇面前說了不少他想要拉攏安國公府的話，如今安國公對他的態度越發不好了。

看來，他要加一把柴了。

「嗯，我等著你。」蘇宜思在他懷裡蹭了蹭。

不管是老年的衛景，還是如今的衛景，身上都有一股讓人不自覺想要相信的氣場。蘇宜思自是全然信他的，他說什麼，她就信什麼。

見她這般乖巧，衛景心變得越發柔軟。有那麼一刻，他希望時間停止，就停在這一刻就好。

蘇宜思在衛景懷裡許久，自然也聞到衛景身上的味道。除了酒氣，還有一絲若有似無的香氣，這香氣她有些熟悉，是脂粉味。

她本不想說的，可不知為何，那話還是到了嘴邊。「你為何常常去琉璃閣？」

衛景先是一怔，隨後，挑了挑眉，看向了懷裡的小丫頭，沈聲問：「怎麼？吃醋了？」聲音裡帶著一絲笑意。

被戳破心思，蘇宜思咬了咬唇。

「妳放心，本王——」

話還未說完，蘇宜思就感覺天旋地轉，她被人抱住在地上打了個滾。而耳邊，是利箭穿過的呼嘯聲。

很快，外面傳來了打鬥聲。

活了這麼多年，蘇宜思第一次遇到這樣的事情。此刻，她仍舊驚魂未定。

「妳在馬車中等著，不要亂跑。」

「好！」

然而，話音剛落，轎簾就被人掀開了，一名黑衣人衝了上來，與此同時，馬車頂也被一把利劍穿破了，衛景很快與二人纏鬥在一起。

不多時，馬車散了架，衛景拉著蘇宜思下了車。

整個過程中，蘇宜思的手一直被衛景緊緊握著，她整個人被他護在身後。周遭是刀光劍影，可她面前卻是一堵牆，這牆為她擋住所有的腥風血雨，護她周全，給她極大的安全感。

衛景身側跟著的有七、八人，可對方卻有二、三十人。雖對方武功不及他們，可無奈人多，他們這邊一直處於下風。

衛景的胳膊被人砍了一下，可縱然如此，他依舊沒有鬆開握著蘇宜思的手。

蘇宜思心疼壞了，趁著面前的賊人倒下，蘇宜思快速道：「你不用管我了，我先找個地方躲起來。」

衛景略一思索，同意了。他拉著蘇宜思，把她藏到一堵牆後面。

雙方打得越發火熱，蘇宜思害怕極了。她想看看衛景如何了，但理智告訴她不能探頭，因為她一點功夫都沒有，出去只會惹麻煩，她藏好了，就是對衛景最大的幫助。

正緊張的聽著外面的聲音，一個渾身是血的賊人被甩到她面前。

那賊人欲爬起來繼續刺殺衛景，眼角卻看到蘇宜思，他立馬調轉方向，拿著劍，朝著蘇宜思奔過來。

蘇宜思看著面前的劍光，心都快要跳出來了。可她知道不能坐以待斃，瞥了一眼地上，她抓起一把土，朝著賊人的眼睛撒了過去。

那賊人沒料到她會如此，眼睛進了沙土，動作也遲緩了。就趁著這個瞬間，衛景追了過來。

賊人倒在蘇宜思面前。

蘇宜思終於鬆了一口氣。

衛景本想安撫幾句，可無奈賊人又纏鬥上來，他只好繼續與人打鬥。

因著剛剛的事情，賊人發現了衛景的罩門，朝著蘇宜思這邊打殺過來，箭支也朝著她這邊射了過來。

蘇宜思躲了幾次，好在她運氣好，沒射中。她也知曉，這裡不安全了，不能再在這裡躲著了。

就在她起身欲離開之際，一支箭再次射了過來。這支箭射得又急又快，她避無可避，知曉今日怕是要死在這裡了，她害怕得閉上了眼睛。

然而，想像中的疼痛並沒有到來，耳邊卻傳來了一聲悶哼，隨即是什麼倒下的聲音。

蘇宜思緩緩睜開眼。

眼前，是那個她一直信任、一直崇拜的人，也是那個剛剛為她擋了攻勢的人。這個高大的男人，倒在她的面前，倒在她的身上。

「衛……衛景……衛景！」

眼淚像是開了閘一般，簌簌流了下來。

「衛景！」

蘇宜思哭得泣不成聲。

衛景緩了緩，終於緩了過來，他臉上帶著疲憊的笑，道：「我沒事，妳莫要哭，快躲好了。」

這一刻，他只有一個念頭：他還不能倒下，他得讓小丫頭活著。

就在這時，一個粗獷的聲音傳了過來。「衛景，你沒死吧？」

衛景和蘇宜思同時看了過去。

蘇顯武來了。

蘇顯武本是坐著馬車，慢悠悠往府中的方向而去，可走著走著，卻發現女兒遲遲沒有跟過來。他怕衛景在馬車上欺負女兒，便令車伕掉轉馬頭。很快，他就發現這邊的不對勁，急忙趕了過來。

他趕過來時，沿路收拾了幾個賊人，正好看到有人朝著思思射了一箭。那一箭，像是射到他的心上，他的心跳都快停止了。

而這支箭，終究還是沒有射到思思的身上，而是射到衛景身上。

看到衛景不顧一切撲向女兒的那一瞬間，蘇顯武說不出自己心頭是什麼感覺。

「還沒呢。」衛景笑了。

「沒死就給老子撐住了。」

「好。」

嘴裡說著好，身子卻朝著蘇宜思倒了過去。

蘇宜思正沈浸在爹爹來了的喜悅中，突然肩上多了一道重量。看著衛景蒼白的臉色，蘇宜思害怕極了。

蘇顯武武力高強，自然不是這些賊人可比的。而且，這夥賊人似乎對蘇顯武並未痛下殺手，纏鬥了片刻，瞧著不遠處姍姍而來的護京衛，紛紛撤退。

護京衛到了近前，看著滿地狼藉，再看倒在血泊中的瑾王，以及渾身是血的蘇顯武，都快要暈倒了。他們對自己的前途和命運已經有了不祥預感，不說身上這一身護京衛衣裳，怕是小命都很難保住了。

衛景剛被送到府中，太醫也過來了。

一番救治後，衛景躺在床上，平靜的睡著了。

「王太醫，瑾王傷勢如何？」蘇顯武問出蘇宜思想問的問題。

「雖看著凶險，但好在瑾王福大命大，沒有傷到要害。瑾王身子骨兒好，將養數月就能恢復了。」王太醫道，說罷，他便告辭了。畢竟，宮裡那邊，他也得去回覆。

聽到王太醫的話，蘇宜思既安心，又擔心。

看著女兒哭著守在衛景床前，蘇顯武本想勸勸女兒的，可一想到剛剛的事情，又說不出這樣的話了。畢竟，衛景是為了救女兒才會受傷。罷了，今日他就當作沒看到吧。

他決定先回府裡告知此事，一會兒再過來，留女兒一個人在衛景府中他也不放心。

蘇宜思並不知蘇顯武離開了，她就坐在衛景床邊，眼睛直勾勾的盯著衛景的臉。

那一張平日裡甚是鮮活又招搖的臉，如今卻變得蒼白。這憔悴的模樣，倒是與她記憶中皇上的模樣極像。從前她還不止一次懷疑過他到底是不是當時的皇上，這會兒，她心頭的疑惑徹底沒了。

尤其是在他救了她之後。

不管是年老的他，還是年輕的他，救她時，都毫不猶豫。年輕時，他甚至奮不顧身，捨棄自己的性命。

他可是是皇子，將來的皇帝，是這世上身分極為尊貴的人。她如今不過是個孤女罷了，何德何能，能得他如此傾心相待，以命相待。

蘇宜思的眼淚一刻也沒停過，不住的往下流，漸漸的，眼睛哭得乾澀生疼。可再疼，也不如心疼，不如衛景身上的傷口疼。

蘇宜思一直守在衛景床邊，餵他吃藥，伺候他，不假手他人。這一守，就是整整三日。

三日後，衛景終於醒了過來。

衛景作了一個很長的夢，夢裡，小丫頭嫁給了他，一直陪在他身邊，他們二人生活得很甜蜜、很幸福。睜開眼睛後，看著熟悉的地方，他知道，那不過是個夢罷了，小丫頭還沒嫁給他。

可一轉頭，他就看到了守在身側的小丫頭。

笑了。

「衛景，你終於醒了。」

這幾日蘇宜思幾乎把一輩子的眼淚都流乾了，嗓子也哭啞了。可看到衛景睜開眼睛，眼淚還是從乾澀又生疼的眼睛中流了出來。

衛景聲音虛弱的道：「哭什麼，我這不是好好的。」說著，便要抬手給蘇宜思擦眼淚。

可惜他如今體力不支，手還沒抬起來，就扯到胸口的傷口。

「好，我不哭了，不哭。」

蘇宜思連忙自己擦了擦眼淚，握住了衛景的手，轉頭讓人去叫太醫。

雖說衛景不受寵，可畢竟是皇子，又昏迷不醒，太醫自是留守在府裡。幾個太醫過來查探了一番衛景的身體，終於放了心。只要醒過來，一切就會慢慢變好的。

待太醫走後，屋內再次剩下蘇宜思和衛景二人。

「太醫們不是說無礙了嗎，怎麼還這麼難過？」衛景問。

蘇宜思咬著唇搖頭。他不知道，這幾日，她心頭特別愧疚。都是因為她，衛景才會躺在這裡，若沒有她，他根本不會遭這個罪。

衛景是何人？早把她的心思猜得透透的。

「那些人明顯是衝著我來的，妳不過是跟著我遭受了無妄之災罷了。如今我受傷，也與妳無關，是那夥賊人的緣故。」

這些話卻並不能安撫蘇宜思，她垂著眸，喪氣的道：「可那些人並不是你的對手，若沒有我，你根本不會受傷。」

她為何要出現在這個時空中？沒有她，衛景會活得好好的。

這是第一次，她對於自己來到這個時空中感到了厭煩，她就是一個多餘的人。

「傻丫頭，若沒有妳，我怎知什麼叫牽腸掛肚，什麼叫喜歡一個人。」

想到將來的皇上，等一個姑娘等了多年，蘇宜思眼眶又濕了。「沒有我，也會有其他人的。」

卻聽衛景堅定的說：「不會的，只有妳。除了妳，不會再有旁人。」

瞧著衛景虛弱的模樣，蘇宜思沒再與他爭辯什麼。

衛景看著面前的小丫頭，卻是怎麼都看不夠似的。對於救了她這件事，他沒有絲毫的猶豫和後悔。若是那一支箭射在小丫頭身上，他不知道會變成什麼樣子。那一刻，他只知道，他寧願箭射在自己身上，也不願她受一點傷。也幸虧，箭射在他的身上，不然，他怕是再也見不著小丫頭了。

這一看，就是許久，也看出蘇宜思的疲憊。

「過來。」衛景拍拍自己的床。

蘇宜思吸了吸鼻子，怔了怔，不明白他是何意。

「上來。」衛景再次道。

「啊？」

「陪我一起睡覺。」

蘇宜思臉色一下子變成了胭脂色。她雖然喜歡他，可這般舉動是不是不太妥當？可是，他如今受了傷，還是為了她才受的傷，拒絕是不是也不太好？

衛景想，這輩子，小丫頭只能是自己的王妃，既然早晚都是，又何必避嫌。

而且，他若是讓小丫頭去別處休息，她定是不肯的。既如此，倒不如躺在他的身側，讓他安心。

「我睏了，可我不想一個人睡，妳陪我一起。」

蘇宜思紅著臉，緊張的道：「可我……可我怕碰到你傷口。」

衛景笑了。「不會的，床很寬。」

看著衛景蒼白的臉色，蘇宜思咬了咬唇，狠了狠心，掀開被子，躺在衛景身側。

如他所言，床果然很大，即便是她平躺上去，也沒碰到躺在床中間的衛景。

躺上去後，兩個人都沒說話。蘇宜思以為衛景睡著了，悄悄側過身子，看向身側的人。

看著看著，便瞧見他乾澀又沒有血色的唇。

鬼使神差的，她支起身子，親了上去。親了幾下，瞧著那唇瓣漸漸有了血色，才停了下來，躺回去，安心睡了。

這一閉眼，立馬就睡著了。

聽著耳邊很快就傳來呼吸聲，衛景緩緩睜開眼睛，失笑了一聲。

這小丫頭，可真會撩人。如今他不方便，倒是不好做些什麼，待他好了，定不放過她。他抬手，捏了捏她的臉頰，見她皺眉，這才停手，閉上眼睛，睡了。

嚴公公本在外頭候著，聽到主子喚，便進屋來了。

一進來，他便瞧見了躺在主子床上正熟睡的姑娘，心裡頓時大驚。莫說是主子床上了，就算是府裡，也從不讓女子進來的。

可見，主子是真的認準了這位蘇姑娘。

「這件事情是誰做的？」

「簡王。」

衛景嘴角一勾，冷笑一聲。「他何時有這麼大的本事了？」

他知道，他這個四哥，早就看他不順眼，想要殺了他，可他斷然沒這種本事和膽子的。那夥殺手身手不弱，而且，護京衛遲遲沒有過來，定是有人在中間做了什麼手腳。

「謙王推波助瀾。殺手明面上是簡王找來的，實則是謙王豢養的死士，護京衛是謙王調開的。」

這就對了。

他這兩位好哥哥可真是疼他這個弟弟，若是他不做些什麼，豈不是對不起他二人對他的照顧。

「皇上如何處理此事？」

嚴公公頓了頓，看向自家主子。

「說！」

「皇上只處置了當日值守的護京衛，讓人去追捕那一夥賊人。」

衛景冷笑一聲。

就在這時，躺在身側的姑娘動了動，衛景立馬收起臉上的厲色，抬手輕輕拍拍身側的姑娘，那臉上的表情，是嚴公公從未見過的溫柔。

看著身側小姑娘柔和的臉龐，衛景突然就不想以暴制暴了。

「讓人把當年四哥落水的事情傳出去。」

嚴公公怔了一下，不是要對付謙王和簡王嗎？

「等事情發酵了，再把三哥當年的所作所為抖出來。」

衛湛既然用四哥對付他，那他也以其人之道還治其人之身。四哥這個草包，有時候還是有些用處的。

「待他們二人有了矛盾，再實施剛剛的計劃。看狗咬狗，不是更有趣嗎？」

嚴公公略一思索便明白過來。主子這是想要把簡王和謙王的矛盾擺到明面上，屆時再出手對付。到了那時，怕是謙王和簡王會把這事怪在對方身上。

這一招妙啊！

衛景看著懷中的小丫頭，道：「本王最近要養傷，暫且沒工夫搭理他們二人。」讓他們二人先鬥著，等他傷勢好了，娶了小丫頭，再一個一個收拾他們。

說著話，衛景就覺得精力有些不濟，便讓人退下了。

接下來幾日，衛景的身子在慢慢恢復中。

宮裡，賢貴妃沒有放過任何能在衛韜面前抹黑衛景的機會。

太醫與衛韜稟奏了衛景的身子狀況。

雖說不特別喜歡這個兒子，但聽說兒子被人刺殺了，衛韜還是很緊張的。不過，雖說是擔心兒子，但更多的是擔心京城治安。今日這些人敢刺殺皇子，明日是不是就要刺殺他了？

瞧著衛韜面露凝重之色，賢貴妃琢磨了一下，開口了。「皇上莫要擔心了，瑾王福大命大，定能沒事的。雖說護京衛失職，可他身邊有蘇將軍啊，蘇將軍可是能以一敵百的，能護著瑾王周全。」

果然，衛韜思緒移到這件事情上面。

「是啊，多虧了阿武，要不然，老五還不知有沒有命。」

賢貴妃又道：「那日還瞧著瑾王與蘇將軍像是仇人一般，在宮門口就動手了，沒想到如今他們二人這般親厚。」

聽到這話，衛韜皺了皺眉。

是了，雖說蘇顯武救了老五，可他為何會與老五在一處？湊巧遇到的？那也太巧了。老五這兩年也辦了不少漂亮的差事，難不成，他這是想拉攏安國公府？這一刻，衛韜又想到了那日兒子說過要娶蘇家孤女的事情。

不過，若說到親厚——

「阿武幼時也救過老三，回京後也常常與老三在一處，倒是與老三更加親厚些。」

想到最近老四說的事情，衛韜對這個三兒子也頗為不滿。這幾年，老三辦事越發不力。前些時候，刑部的事就辦得很不好，眼光不行，被人蒙蔽，不像是做大事的人。

賢貴妃心裡一驚，頓時不敢再提，尷尬的笑著說：「可不是嗎，皇上與安國公親厚，幾位皇子也與蘇府的幾位公子玩得好。」

蘇宜思在瑾王府一住又是幾日。自從那日與衛景睡在了一起，往後的幾日，他們也同那日一般交頸而臥。

蘇顯武本以為女兒是在屋內照顧衛景，可那日他過來時，正好瞧見女兒躺在衛景懷中。這一看之下，立馬怒了。

因為衛景救了女兒，所以才忍著不喜，讓女兒過來照顧他，可這不代表自己能容忍他這般待他女兒。

「衛景，你這廝在做什麼！你這個寡廉鮮恥的小人，仗著你救了思思，就想要為所欲為不成？忒不要臉！思思，妳今日就隨我回去。」

蘇宜思沒料到這事會被她爹爹發現，尷尬到不行，臉紅紅的。可若是此時走，她又不放心。

「殿下的病還沒好呢，我再留下來照顧幾日。」

「王府裡那麼多下人，怎麼就缺妳不成了？」蘇顯武怒斥，這回他是真的生氣了。

「可殿下是因為我才受傷的。」蘇宜思反駁。

蘇顯武不想與女兒爭辯什麼了，他瞪了衛景一眼，對蘇宜思道：「妳收拾收拾，今日就與我一同回府，這事沒得商量。」

說完，便氣得離開了。

蘇宜思雖然更想留下來照顧衛景，可她知曉爹爹是真的生氣了，今日勢必要回府了。

「我雖不捨得，但也不想讓妳為難，且妳已在這裡陪我多日了，妳今日便隨妳三叔回去吧。」

蘇宜思面露愧疚之色。「可我想留下來照顧你。」

聽到這話，衛景笑了，摸了摸蘇宜思的頭，說：「傻ㄚ頭，咱們往後的日子多得是，等妳嫁過來，可以日日陪在我身側，到時候可別嫌我煩就好。」

「我不會嫌棄你的。」

「好。」

衛景轉身去床頭取了個匣子。

「我母妃生前曾留給我一塊玉，這玉是她從一位避世的大師那裡求來的。前些時候，我讓人琢磨成兩塊玉珮。這一塊給妳，這一塊我留著。」

說著話，衛景打開匣子，把其中一塊遞給了蘇宜思。

這算是定情信物嗎？

蘇宜思有些臉紅的接過來，好奇的打量著面前的玉珮。瞧著玉珮的形狀和圖案，她總覺得似乎在哪裡見過這個玉珮。

「上面這是字嗎？什麼字？」蘇宜思好奇的問。

「『景』字，這是一個古字。那位大師說過，這塊玉石是姻緣石，須得用古字寫上二人的名字，這樣就可以生生世世在一起。」衛景認真的答道。

這樣的話，蘇宜思不知聽過多少。人們總是會說些漂亮話，但最終能走到白頭的很少。

她以為，以衛景的性格，是不會相信這樣的事情的，沒想到他今日竟然這般認真對待。

不知是不是衛景說得太過認真，蘇宜思總覺得手中的玉散發出來一些暖意。

「我這一塊上面刻的是妳的名字，『思』字。」衛景晃晃手中的玉珮。

蘇宜思順著衛景的動作看了過去，一看之下，頓時愣住了。

這玉珮，分明是當時皇上戴在身上的那一塊。

她曾以為那是奇怪的花紋，沒想到竟然是自己的名字。

為何是自己的名字？不可能是自己的名字。

這一刻，蘇宜思震驚極了。

這一切，究竟是怎麼回事？

第二十四章

「這玉珮分開是兩塊，合在一起，又是一塊。」衛景把兩塊玉珮合在一起。

看著面前的兩塊玉珮，蘇宜思腦海中有很多疑惑，很多不解。

「這塊玉珮是特地為我做的？」蘇宜思再次問道。

雖有些疑惑為何小丫頭又問一遍，衛景還是耐心的回答。「正是，前些時候我剛讓人打造的。」

衛景見蘇宜思臉色不對，似是沒多少驚喜，便問：「不喜歡嗎？我可以讓人再修改。」

蘇宜思回過神來，握緊了玉珮，連忙道：「不，我很喜歡。」

衛景笑了。「既然喜歡，那就時時刻刻戴在身上，不要拿下來。」

「好。」蘇宜思應了。

不多時，蘇顯武過來了，蘇宜思與衛景道別，回了國公府。

在路上，蘇顯武一直在訓誡蘇宜思。他見女兒神色不太對，以為自己說得狠了，便忍了忍，沒再說下去。

實則，蘇宜思腦海中一直在想著玉珮的事情，並未聽到自家爹爹說了什麼。

回到府中後，蘇宜思躺在床上，看向手中的玉珮。

很多之前一直不明白的事情，似乎漸漸清晰起來。

皇上第一次見她時震驚的模樣……皇上聽到她名字時怪異的反應……皇上待她不同於旁人的態度……她對皇上怪異的熟悉感。

安國公府降了爵位，卻沒換府邸。

歸安巷改成了歸思巷……

歸思……歸思……

所以，皇上一直在等的人是她嗎？

想到這一點，蘇宜思從床上坐了起來，整個人如同置身於驚濤駭浪中一般。

皇上在等她……這怎麼可能呢？她又不是這個時空的人，皇上怎麼可能會愛上她，還用一輩子來等她。

她很確定，自從自己生下來，一直都在平安侯府生活，並沒有見過皇上，也就不可能與他有任何的感情牽扯。

可初次進宮，皇上卻像是早就見過她一般。時空上，兩個人是無法交集的。他倆真正有交集，也是在現在罷了。

現在……

蘇宜思突然想到一種可能。

難不成，她就是因為回到二十多年前的現在，與瑾王相愛。隨後，她可能會死或者再次離開這個時空。不對，她沒死，她若是死了，皇上不可能找她多年，等到她都長大了。所以，她會離開這個時空。所以，皇上才一直沒找到她。

他這一找，就是一生。

可是還是不對，若她真的存在過，為何二十年後一點消息都沒有，周遭的人也從未告訴過她這件事情。

她如今是安國公府的姑娘，皇上要找的人是安國公府的一個孤女，那麼府中眾人、皇上身邊的人定然知曉此事才對，可她卻從未聽聞。

還有，爹娘馬上就要成親了，娘也不可能再嫁給溫元青。可最後卻並非如此，娘還是嫁給了溫元青，才再嫁給爹爹。

她來到這裡，沒有改變任何事情，也沒有改變任何人。

不對，還是有一個人的。

蘇宜思低頭看了一眼手上的玉珮。

皇上。

在她出生的那個年代，好像所有人都不記得國公府這個孤女了，只有皇上一個人記得。

蘇宜思察覺到手上有一絲冰涼，不知何時，她竟然哭了。

所以說，在皇上二十多歲時，她來過。後來，她失蹤了，回了自己的時空。之後，除了皇上，所有人都不記得她了，她沒有改變任何事情，爹娘依舊不幸福，國公府依舊會沒落。

啪嗒。

啪嗒。

眼淚流得更凶了。

他一生未娶，在她離開後，沒有親近任何女子。不知他究竟忍受了怎樣的孤獨，在漫長的二十多年間獨自一人走過。一般人可能都做不到，更何況他是皇子，是後來的天子。

她想見他。

又想見他了。

才分開了不到一個時辰，就想再見他了。

她想見那個視她如命，愛她至深的男子。

蘇宜思從床上下來，趿拉著鞋就往外跑。放置車馬處的管事瞧著她著急的樣子，沒有多想，便讓她上了馬車，門房處以為她的禁令早就解開了，便放了行。

衛景沒想到剛剛分別的小丫頭又再次出現在眼前。

而且，一見著他，就激動得抱住了他。

「這是怎麼了？可是有事要與我說？」

蘇宜思搖搖頭，頭深深的埋在衛景胸前，一言不發。

很快，衛景就察覺到不對勁的地方。小丫頭這是在哭？

「可是有人欺負妳了？」衛景的語氣冷了下來。

蘇宜思再次搖頭。

「發生何事？」衛景繼續問。小丫頭不是這般性子，定是發生了什麼，她的情緒才會這般激動。

蘇宜思悶聲悶氣的說：「沒有，就是想見見你了。」

衛景知曉她不想說，也沒再多問。總歸，他可以私下讓人去查，任何人都別想欺負他的小丫頭。

趴在衛景懷中哭了一會兒，蘇宜思抬起頭，看著衛景。這一次，她看得非常認真。瞧著衛景一臉病容的模樣，她想到了那日衛景為她擋箭時義無反顧的樣子。

「你為何要對我這麼好？」蘇宜思問。

衛景想，這小丫頭今日怎麼這麼怪，他抬手敲敲她的額頭。「傻丫頭。」

剛剛來的路上，她一直在思考一個問題，也幾乎可以確定。衛景之所以會找她，是因為她離開了這個時空。

所以，她終究還是要回去的。

想到他孤獨一人等了她多年，為了她終身未娶，蘇宜思的淚意又來了。

她忍住眼淚，啞著嗓子道：「你別對我這麼好行不行，我不值得你對我這麼好。」

他不該對她這麼好的，他不該喜歡她的，他越是喜歡她，在她離開後他越是痛苦。

若她早知道會這樣，她一定不會愛上他，也不會讓他愛上自己。她一定躲得遠遠的，這一輩子也不與他相見。總好過，他悽苦過一生，因她相思成疾，纏綿病榻，孤獨終老。

如今到了這地步，她又如何能抽身？

衛景揉揉蘇宜思的頭髮。

心想，這小丫頭真的是被外頭的聲音左右了，小瞧了她自己。她是孤女又如何？她聰慧善良又可愛，全心維護他，為他與家人爭執，為他擋蘇顯武的重拳……她如何不值得？

「好不好不是妳說了算，我說值得就是值得。」他還是要盡快把小姑娘娶回家，省得她總是看輕自己。

看著衛景滿眼的情意，蘇宜思心像是針扎了一般，疼得厲害。

離開瑾王府，上了馬車，蘇宜思的視線漸漸模糊，哭得不能自已。

他不該喜歡她的，不該的。

蘇顯武得知女兒又出門去瑾王府了，氣不打一處來。然而，很快，他聽說女兒回來了。

在瞧著女兒哭得肝腸寸斷的模樣時，他的心一下子軟了下來。罷了罷了，以後再說吧。

「這是遇到何事了？」

蘇宜思不說話，只一個勁兒的哭。

「有人欺負妳？」

蘇宜思搖頭，繼續哭。

蘇顯武本是準備問責她，這時只能仔細安慰，待女兒睡下才離開。

接下來幾日，宮裡可是熱鬧極了。

先是簡王突然得知當年他落水一事，原來瑾王並非見死不救，而是因為年幼不識水性，讓下人去喚侍衛過來了，但這途中，卻被謙王的人攔住。在簡王快要淹死的時候，謙王才讓人下去救了簡王。

簡王找到了當年的侍衛，查清了此事。

但因這事年代久遠，那侍衛究竟是不是當年那個，也沒人能說清，幾個兒子又活得好好的。所以衛韜只是斥責了謙王，罰了他的俸祿了事。

再接下來，刺殺瑾王的主使者也找到了，正是簡王。簡王因為記恨當年落水一事，又因瑾王想要娶他看上的姑娘，新仇舊恨加在一起，便找人刺殺自己的弟弟。

此事證據確鑿，簡王直接被奪了爵位，在府中幽禁。

接下來幾日，蘇宜思一直待在府中，沒再出門。確切說，是把自己關在房中，一步沒踏出去，飯用得少了，精神也越來越差。

蘇顯武心中的疑惑越發重了。

女兒那日與他一同從瑾王府回來時還好好的，當日她自己又獨自去了一趟，回來就變成這樣。他問過一同去的小廝，女兒確實去了瑾王府，去瑾王府時似乎就哭過，回來的時候上了馬車哭得更凶了。

難不成在瑾王府發生了什麼事？

過了幾日，蘇顯武就聽到一個傳言，衛景看上了上個月被皇上召回京的異姓王蜀王的女兒，嘉雲郡主，欲娶她為妃。

蜀王，是大魏朝唯一的異姓王，雄踞西南。如今羽翼漸豐，就連皇上也忌憚幾分。

嘉雲郡主從小是在京城長大的，六年前才隨著蜀王去了西南。她在京城時，一直是耀眼的存在。她與安國公府早逝的嫡女蘇蘊萱，被稱為京城雙姝。

當然，還有一事，是眾所周知的事情，那便是，她一直愛慕著衛景。只可惜，妾有情、郎無意，衛景並未表露出對她有意。

時隔六年，竟再次傳出他們二人的緋聞，而且緋聞的內容與從前大不相同，竟然是衛景欲娶她為妃，這可讓京裡的人很是驚訝。再想到衛景前些時候欲求娶安國公府的孤女，這就讓人更加好奇了。

有那八卦之人，伸長耳朵，想要打聽這件事情的走向究竟是怎樣。

蘇顯武得知此事時，恨不得上門去打衛景一頓。

衛景這廝明明是喜歡他閨女的，怎麼突然就喜歡上旁人了？既然對他閨女無意，當初又為何來招惹？

可他剛走了兩步，就停了下來。他想，這事不正合他心意嗎？他本就不想讓女兒嫁給衛景，他不僅不能去打衛景，還得恭賀他才對。可心頭實在是憋悶得很，一口氣上不來、下不去。

這些念頭在他心頭繞了幾圈，最終罵了衛景一句，轉身朝著女兒的院子走去。

蘇宜思這半月心裡很不好過。她不知曉自己該如何做。她愛慕衛景，想要時時見著他，可她終究還是會消失的，旁人便也罷了，即便是有了感情，他們也會忘了她。可衛景不同，他會一直記得她。所以，她不敢去見衛景，她怕衛景陷得太深，在她走後他的歲月更難熬。

蘇顯武過來時，蘇宜思正坐在榻上發呆，一副生無可戀的模樣。

蘇顯武何曾見過女兒這般萬念俱灰的模樣，心疼得不得了。

「妳那日去他府中時就已經知曉他與嘉雲郡主的事情了吧？那衛景就是個紈袴，是這世上最花心之人，仗著自己有個好皮囊，就隨意玩弄姑娘家的感情。妳也莫要記掛，不必再去找他，爹爹往後給妳找個合心意的，不說長得比他強，但至少人品比他好。」

蘇顯武思來想去，女兒那日定是發現了衛景有二心，不然這段時日她肯定耐不住要偷偷去瑾王府的，也不會是這副模樣。

「妳若真想與他計較也行，爹替妳去教訓他，打他一頓！」

「嘉雲郡主？」蘇宜思不解的問。

蘇顯武看著女兒疑惑的神情，心想，難不成他猜錯了，不是因為這事？那女兒又為何這般難過？

「嗯，坊間傳聞，衛景要娶嘉雲郡主為妃。」蘇顯武還是說了出來。若是女兒不知曉此事，他定然也要告訴她的，好叫她早些從衛景那棵歪脖子樹上回頭。

蘇宜思怔住了，心頭一痛。衛景這麼快就要娶旁的女子了嗎？她雖說是希望他能忘了她，可真聽到這樣的消息，還是忍不住心頭難過。

「挺好的。」

若他真有了牽掛，也不至於悽苦一生了。

看著女兒黯然的臉色，蘇顯武心疼極了，心中暗暗想著，等衛景傷好了，他定要打他一頓為女兒出氣。

蘇顯武走後，蘇宜思看著窗外發呆。

衛景真的要娶旁的女子了嗎？乍一聽說時，她心中的確難過，可現在想想，未必吧，他不可能這麼快就娶旁的女子。那日他為她擋箭時的模樣還在眼前，他為她訂製了玉珮，他為她做了許多事。

嘉雲郡主的事，不過是個傳言罷了。若他真能輕易移情別戀，她也不用這般苦惱了。

蘇宜思本以為衛景與嘉雲郡主的事情只是個小小的傳言，很快就會散了，可沒想到，外頭的傳言卻越演越烈，甚至連衛景與蜀王二人私下商議婚事、定婚期的事情都知曉了。

蘇宜思聽後，只靜靜嗯了一聲，什麼都沒說。

衛景欲娶嘉雲郡主，這事不安的又何止他們，最不安的，便是宮裡的那些人了。

謙王自從得知了此事，就睡不著覺了。

蜀王勢力極大，連父皇都要忌憚幾分，若是衛景真的娶了嘉雲郡主，那衛景的勢力可就增了不少，他絕不能看著這樣的事情發生。

他心中也有一絲疑惑，嘉雲郡主一直喜歡衛景，從前也不見衛景有什麼回應，如今怎麼突然要與她成親了？

難不成……衛景是因為前些時候被父皇訓斥了，欲增添自己的勢力？

睡不著覺的又何止謙王，賢貴妃才是最難受的。她是後宮裡位分最高的妃子，可她沒有親生兒子，照理說，哪個皇子登基於她而言都沒什麼太大干係。

可是，唯獨一人不行，那便是衛景。

有了當年那件事情，若是衛景得勢，怕是第一件事就是要殺了她。她絕不會眼睜睜看著衛景一步步崛起的。

衛景不能娶嘉雲郡主。

賢貴妃與謙王商議了一番，二人想出一條計謀。

衛韜忌憚蜀王，自然不希望兒子娶了蜀王的女兒。而且，他還未垂老，也不希望兒子勢力太強大。

這晚，賢貴妃貼心的給衛韜按摩。

「臣妾聽說了件與瑾王有關的事情，不知皇上聽說了沒有？」

一提這事，衛韜就頭痛，心裡堵得慌。他是想阻止兒子與蜀王結親，可若他們真的情投意合，他也無能為力，總不好明面上去棒打鴛鴦。

「何事？」

「瑾王之前不是受傷了嗎？」

「嗯，如今還未好。」

「臣妾聽說啊，瑾王之所以受傷，並非是不敵那些黑衣人，而是因為安國公府的那個孤女。」

衛韜頓時睜開眼睛，道：「細細說來。」

「那日啊，瑾王與蘇姑娘同坐一輛馬車，可巧路上遇到了簡王派來的殺手。瑾王身手極好，可那位蘇姑娘卻不會武，在箭支射向蘇姑娘時，瑾王替她擋了一箭。」

「竟有此事？」衛韜驚訝極了。他一直以為兒子是個有著花花腸子的人，朝秦暮楚，又寡情薄意，沒想到他竟也會為女子做到這個地步。

「是啊，臣妾聽說時也極為震驚，可見啊，瑾王是真的喜歡安國公府的那個姑娘。」賢貴妃覷著衛韜的臉色說道。

上一回，說起蘇宜思時，賢貴妃給衛韜上眼藥，暗示他瑾王想要拉攏安國公府。但如今形勢不同了，她如今要做的，是促成衛景與蘇宜思的親事。

與其讓衛景娶了嘉雲郡主，與蜀王湊在一處，倒不如讓他娶了蘇宜思。蘇宜思不過是安國公府的孤女罷了，再受寵也不如親生的來得親厚，娶了蘇宜思，也未必能給衛景帶來什麼好處。

而且，她聽說衛景之所以要娶嘉雲郡主，是因為知曉皇上不同意他與蘇宜思的親事，而安國公府又不讓這孤女成為妾室，心灰意冷，才這般的。

能為那孤女擋箭，說明衛景是真心愛慕她，若他真有機會娶了那孤女，說不定他會選擇那孤女。

賢貴妃也知道衛韜不想讓瑾王娶嘉雲郡主。

「聽起來倒是個情深的孩子。」衛韜道。

「想來瑾王是愛慘了那姑娘，可惜知曉皇上不同意，國公府又不讓她為妾，才轉而求娶嘉雲郡主。嘉雲郡主一直喜歡瑾王，瑾王若真喜歡她，早就娶了，何必等到現在。瑾王為那姑娘擋了一箭，命懸一線，怪可憐的。皇上何不成全了他？」賢貴妃一邊看著衛韜的臉色，一邊緩緩說道。

前面還好，聽到後面讓他成全了兒子，衛韜的臉色不好看了。

「那女子身分太低了！」

賢貴妃繼續道：「再低，也是出自安國公府，臣妾聽說她很是得寵呢，比府中庶出的二姑娘還要得寵，安國公和蘇家三郎給了她不少鋪子、田產。」

衛韜眉頭緊緊皺了起來。

「臣妾聽說，不少侯府都想為府中的子姪相看她呢。就連國子監祭酒王大人也想為新科狀元隨大人說這門親事，隨大人很是歡喜呢。可見啊，那姑娘雖出身不好，人卻不錯。」

聽到這裡，衛韜臉色好看了些。他本是一點都看不上那孤女的，可京城中侯府、王祭酒都能看得上那姑娘，想來沒那麼差。

「王愛卿想為隨墨說這門親事？」

「可不是嗎，可惜啊，這件事被咱們的瑾王攪黃了。」

皇上點了點頭，道：「改日宮中有宴席時，把她叫到宮中來瞧一瞧。」

賢貴妃心裡一喜。她知道，這事算是成了一大半了。

「好。」

自從得知衛景與嘉雲郡主的事情，蘇宜思的臉色是一日比一日差了。下人們怎麼勸，她都用不下飯，即便是周氏來勸，她用得也很少。

這日，一個自稱是她閨中好友的姑娘出現了。

這人不是旁人，正是王侍郎家的女兒，王璃雲。

本來，以她的門第，是很難被請入府中的，可蘇宜思最近心情不好，周氏心疼她，聽說她好朋友來了，便讓人進來了。

「我知道嘉雲郡主一個秘密，瑾王若是知曉了此事，絕對不會與她成親。」

看著神情堅毅的王璃雲，蘇宜思漸漸回想起來。她記得，初見她那日，這王姑娘被她的長相嚇到了。

「妳為何要告訴我？」蘇宜思問。畢竟，她們二人並不熟。除了那日見過一面外，沒再見過。

「我父親欲把我送給蜀王為妾，我希望蘇姑娘能幫我避開此事。」

聽到王璃雲的話，蘇宜思秀眉皺了起來。

那蜀王已經五旬，而面前的姑娘不過與嘉雲郡主同樣的年紀。那位侍郎大人也真捨得把嫡女送過去做側妃，不光不要臉面，竟是連女兒的終身幸福都不顧了。

只是，這事她如何能阻止得了？王姑娘為何要找上她？

想到這位姑娘上回見她時震驚的模樣，再想到剛剛她提到的事情，蘇宜思覺得有什麼東西在腦海中一閃而過。

嘉雲郡主的秘密嗎……聽說那位嘉雲郡主從小在京城長大，六年前才離開了京城，去了她父親的封地。

六年前……

不正是她姑姑去世的那一年嗎？

想到這裡，蘇宜思微微瞇了瞇眼。

見蘇宜思久久不答，王璃雲有些著急，道：「只要我說出這個秘密，瑾王一定不會娶她的！他肯定會娶妳，妳又可以成為尊貴的瑾王妃了。我幫妳解決這麼大一個麻煩，妳也得幫幫我。」

這話讓人聽著很是不適，蘇宜思抬頭看向面前的姑娘。

「真的，我不騙妳，她做了一件天大的壞事。」

蘇宜思想，這姑娘倒是聰明。

蜀王擁兵自重，一般人輕易不敢得罪他，而他們安國公府卻不怎麼怕他。而且，外面一直傳聞之前瑾王要娶的人是她，若除掉嘉雲郡主，瑾王妃的位置說不定還會落到她這裡。

蘇宜思記得，過不了幾年，蜀王就被瑾王鏟除了。這姑娘年紀不大，若是給蜀王做了側妃，怕是後面的日子也是難過，幫幫她也無妨。

「好，妳說。」

「蘇蘊萱是被嘉雲郡主害死的。」

雖說剛剛已經隱約猜到這個秘密可能和姑姑有關，可如今蘇宜思聽了還是很驚訝。

「妳說什麼？我姑姑是被嘉雲郡主害死的？」

「對，此事乃我親眼所見。」王璃雲道。

蘇宜思靜靜盯著王璃雲，想判斷她話中的真假。

「妳可有證據？」

她記得，姑姑是落水後又染了風寒去世的。雖說是染了風寒，但究其原因，還是因為落水。所以，是與落水有關？

可若是與落水有關，如何能判定是誰做的呢。況且，時隔幾年，即便知曉誰是凶手又能如何，早就沒了證據。

這般一想，蘇宜思又有些失望了。

正想著呢，只聽面前的姑娘期期艾艾說道：「有一物，不知算不算得上證據。」

說著，王璃雲把一個盒子遞了過來。

蘇宜思打開，看到裡面的帕子。她正色道：「妳把整件事情細細說來。」

不管算不算得上證據，她且先聽聽是怎麼回事。

「那日蘇姑娘不知為何獨自一人在湖邊的亭子裡靠著欄杆休憩，嘉雲郡主趁她不備，從後面想把她推入湖中。蘇姑娘醒了過來，掙扎時抓住嘉雲郡主手中的帕子……後來嘉雲郡主扔掉帕子，被我……被我撿回來了。」

聽完後，蘇宜思感覺後背發涼，一個閨閣中的小姑娘，怎可如此歹毒！

「妳當時為何沒把帕子交出來！」

這時，屋內響起一個男子的聲音。那聲音低沈，像是壓抑著怒意。

王璃雲沒料到自己剛剛那番話會被旁人聽去，嚇得哆嗦了一下。

蘇宜思看向了來人。「三叔。」

最近一些時日，蘇顯武每日都會過來看看女兒。今日他去外頭辦差，回來時，看到女兒愛吃的糖葫蘆，便買了兩串。

一過來，就聽下人說女兒有客人，讓她們都出去了。他本不欲聽姑娘家的瑣事，可他在轉身離去時，卻隱約聽到嘉雲郡主的名字。他深知嘉雲郡主的性子，生怕女兒吃了虧，便多聽了幾句。

沒想到竟然聽到這麼一個駭人聽聞的消息。

聽到蘇宜思的稱呼，王璃雲更加害怕了，整個身子都開始顫抖。

「我……我……我不敢。」

蘇顯武看了一眼帕子，瞧著那有些抽絲的藍色緞子，心中鬱氣升騰。這布料，分明與當時從妹妹指甲裡弄出來的一樣。他握緊了拳頭，重重砸在桌子上。若是早些得到這帕子，那凶手早就受到懲罰了。

王璃雲又哆嗦了一下。「我……我本來要交出來的，可後來，可後來……」

後來，嘉雲郡主身側的下人來找帕子時遇到了她，她怕極了嘉雲郡主，怕此事敗露，她會被嘉雲郡主教訓，便沒敢交出去。

王璃雲沒說出口的事情，屋內的其他二人都聽懂了，無非是怕了那嘉雲郡主。

屋內靜了片刻，只聽蘇顯武問道：「所以，我妹妹被害時，妳全程都在？」

他記得，妹妹落水一事是侯府姑娘先發現的，隨後便找了人來救。但因為發現得太晚，妹妹在水中泡了太久，所以救上來沒幾日，便沒了。

若是能早些發現就好了……

聽到這話，王璃雲面露驚恐，立馬道：「這件事真的與我無關，是嘉雲郡主幹的。」

蘇宜思雖未見過那位姑姑，可卻聽過她不少事，心中對她也有些感情，此刻聽到這事，心中是又憤怒、又難過；再看坐在一旁的父親，臉色難看得緊。

父親怕是更難過吧。

而他問剛剛那話，也並非懷疑面前的這位姑娘。

「王姑娘，我三叔並非這個意思。」蘇宜思道：「只是，若是姑娘在發現時就去阻止，或者找人來救，可能……可能就救下了我姑姑的性命。」

王璃雲垂下了頭，低聲道：「當時我離得太遠，事情又發生得太快，沒來得及阻止。」

只是，她自己心中也明白，即便是離得近了，她怕是也不敢去阻止嘉雲郡主。她不過是因為名字中有個「雲」字，就被嘉雲郡主斥責打罵了多次。

「我當時真的想去找人救蘇姑娘的，可我發現了蘇二姑娘，我想著蘇二姑娘是蘇姑娘的妹妹，她總會去救人的，便……便離開了。」說到後面，王璃雲有些愧疚。

因著當時她也在侯府，所以後面的事情她也是知曉的。

聽說，後來是侯府的姑娘帶著人救了蘇姑娘，並不是蘇二姑娘找的人。

本以為這件事情就這麼結束了，可沒想到過了沒幾日，就傳來蘇姑娘的噩耗。那幾日，她嚇得每晚都作惡夢。

「蘇嫣？」蘇顯武問道。

王璃雲點了點頭。

當晚，安國公進宮去了。

三日後，安國公在朝堂上狀告嘉雲郡主。

衛韜看起來頗為重視，讓大理寺和刑部一起查了此事。

安國公府當年把所有的東西都保存得極好，就連蘇蘊萱指甲裡的那一根絲線也保存了下來。

王璃雲、蘇嫣都被叫去問話，嘉雲郡主自然也沒能逃過。

一個月後，案子水落石出，正如王璃雲所言，是嘉雲郡主把蘇蘊萱推入湖中。

即便是蜀王再想保住這個女兒，也沒能保住。嘉雲郡主被褫奪封號，關入內司之中。內司，專門關押犯了錯的官宦之家的婦人和姑娘，沒有皇上的詔令，終生不得釋放。

蘇嫣則是被安國公送回族中家廟。

蜀王面上忍了下來，實則憤怒至極。

時隔兩個月，蘇宜思再次見到衛景。

這一次，她是在國公府中見著他的。

因著衛景在嘉雲郡主的案子上出了不少力，所以國公府對他的態度好了不少。而與他的待遇相反的，便是謙王了。在案子剛剛爆發時，謙王曾來游說過安國公，讓他莫要衝動，大事化小、小事化無，不要惹怒蜀王。

雖然只有短短兩個月不見，可蘇宜思卻覺得兩人之間彷彿數十年未見，彷彿隔了千山萬水。

在往後的漫長歲月中，他一直等待的人竟然是她，竟會是她。

想到他從黑髮等到了白髮蒼蒼，想到他為了她一輩子不娶，想到他為了她相思成疾，蘇宜思的眼淚簌簌掉下來。

衛景正在亭中飲茶，聽到動靜，便知是他想念的姑娘來了。可等了片刻，那腳步聲卻似停了下來，他便抬頭看了過去。

這一看，可把他心疼壞了。

小丫頭竟然在哭，哭得眼睛和鼻頭紅紅的。

「我不是真的要娶那嘉雲，都是騙人的。我本想著，傳出這個流言，好叫賢貴妃著急，在我父皇面前吹吹枕頭風，讓父皇下旨賜婚。本來這事已經成功八、九成，誰知後來嘉雲當年做過的事情被人扒了出來。」衛景著急的解釋。

解釋完，見面前的小丫頭哭得更凶了，衛景又道：「我說的都是真的，天地可鑑。若有一句話是假的，便叫我不得好死，一輩子討不著媳婦！」

聽到後面的毒誓，蘇宜思連忙捂住衛景的嘴。

「你莫要說這樣的話咒自己，我信你的。」她一直都相信他。

衛景乘機抓住蘇宜思冰涼的小手，放在唇邊親了親，道：「那妳為何哭？」

蘇宜思吸了吸鼻子，道：「就是想你了。」

聽到這話，衛景笑了，抬手給蘇宜思抹了抹眼淚，道：「妳怎不早說想我了，早知妳想我了，我便日日來看妳。」

蘇宜思又哭又笑。

衛景乘機揉了揉她的頭髮，看著國公府內滿目的紅雙喜，道：「妳且再等等，還有兩月就過年了，明年我定娶了妳。」

因著要查蘇蘊萱的事情，蘇顯武的親事便往後推了一個多月。如今已是十月分，再過幾日，蘇顯武便要成親了。

蘇宜思順著衛景的視線看過去，瞧著這些喜氣洋洋的紅色，低聲道：「其實，我身分低微，配不上你的，不如，你另娶個世家貴女吧？」

她既然注定了要回去，便不忍心看他再次相思成疾，孤獨終老。

雖然他忘了她，娶了旁人這件事會讓她很難過，可與之相比，更讓她難過的是他一輩子不幸福。

衛景微微一怔，很快又恢復如常。他用食指刮了一下蘇宜思的鼻子，笑著說：「還說沒生氣，既沒生氣，為何說這種話？妳放心，我不會娶旁人。」

蘇宜思咬了咬唇，垂頭，絞著手指，道：「我說的是真心話，我是真的希望你能娶個身分匹配的姑娘。」

衛景真的是又想氣、又想笑，使勁彈了一下蘇宜思的腦門，道：「妳當我衛景是什麼人？我若是想娶個身分相配的，早就娶了，何必等到現在。」

蘇宜思吃痛，摸了摸自己的腦門。等她緩過這一股勁兒，道：「其實，不光我認為你是個好人，閨閣中好多姑娘都是如此。她們那些人中，不乏身分高貴的，也不乏長相出眾的。」

這番話，蘇宜思已經想了很久了。

當初瑾王之所以對她另眼相待，無非是因為她與世人不同，處處維護他。她想，這樣的姑娘肯定不止她一個。或許換個人，他也能喜歡上。

衛景這會兒也瞧出蘇宜思的認真了，沈了臉，道：「妳當我是什麼人，只看姑娘的身分和長相？」

蘇宜思見衛景不高興了，便解釋。「我不是這個意思。」

只聽衛景接著道：「本王喜歡的人是妳，也只能是妳。沒了妳，也不會是旁人。」

「你……」蘇宜思啞著嗓子問：「你這話當真？」

聽到這一番話，蘇宜思心中五味雜陳。既因衛景說非她不可而欣喜，又因自己消失後衛景孤苦一生而難受。

「自然是真的。」衛景想也不想的答道。

蘇宜思閉了閉眼，長長嘆了一口氣。罷了，她已經進入了他的生命中，離開談何容易，除非她做些傷害他的事情，讓他恨她。可，她不忍心傷害他。而且，若是她真惹惱了他，安國公府豈不是會比原先還要慘？既然無法改變，那便順其自然吧。

想通之後，蘇宜思雙手圈住面前的人。

見小丫頭終於不再執拗的想些有的沒的，衛景心下也輕鬆了許多。

「我最近可能會有些忙，沒多少時間能來看妳，妳別多想，也莫要相信外面的流言。」衛景道。

「嗯，你放心去忙吧，我相信你。」蘇宜思道。

十月的天已經漸漸轉涼，但二人還是在涼亭裡聊了許久。待衛景要走時，蘇宜思道：

「我三叔成親那日你會來嗎？」

「會的。」

蘇宜思鬆了一口氣。「那便好。」

這幾日她細細想過一事，她究竟會在什麼情況下離開。思來想去，無非是兩種情況。

第一種便是與爹娘有關，她是爹娘生的，這個時空不可能再多一個她。第二種是與衛景有關，畢竟她來時，便是因為衛景快不行了。

而衛景好好的活到了五十多歲，那麼便是與爹娘有關了。

衛景誤會她的意思，湊近了她，輕聲道：「還沒走呢，就盼著再見我了？」

蘇宜思先是一怔，很快反應過來，臉色微紅。雖有些害羞，但還是如實道：「是啊，已經開始想了。」

這樣子讓衛景如何不愛，他心裡癢癢的。

本來因為四周盯著的人太多，他不想做什麼的，但這會兒著實忍不住了，快速在面前嬌嫩的唇瓣上啄了一下。

蘇宜思沒料到他敢在國公府內這般行事，震驚得瞪大了眼睛，慌忙的看向四周。好在，這會兒沒有下人往這邊看。

既然沒人看，那麼——

「怕什麼，我巴不得讓所有人都看到。」衛景不懷好意的道。
話音剛落，唇就被堵住了。
這下，呆愣的人變成了衛景。這小丫頭，膽大了啊！
親了一下，蘇宜思就往後退了一步。「誰怕了，你怕了才是！」
「敢打趣我了？看我怎麼收拾妳！」衛景威脅道。
蘇宜思往衛景後面看了一眼，道：「三叔，您怎麼來了？」
聽到這話，衛景本想再親一下的，連忙站直了身子，往後看了一眼。
身後空無一人。
意識到自己被騙了，衛景瞇了瞇眼，看向面前的小丫頭。
察覺到危險，蘇宜思快速認錯。「我錯啦，你快回去吧，一會兒我祖父要過來了。」
「今日且饒妳一回，等過幾日再與妳算帳。」
衛景今日是抽出來時間特意來看蘇宜思的，他最近確實很忙。自從那日衛湛因為給蜀王當說客，被父皇訓斥之後，他發現，他三哥竟然與蜀王走得頗近。
父皇一直想收回蜀王手中的兵權，削弱蜀王的權力。這一點，但凡有點腦子的人都能明白。問題在於，明白歸明白，京城中還是有不少人想要巴結蜀王，貼著蜀王。比如，欲把女兒送給蜀王的王侍郎，或者他那個做事八面玲瓏的三哥。

如今他那自詡聰明的三哥犯了蠢，他若是不加以利用，那就太對不起他自己了。

很快，謙王近日來與蜀王見面的地點、見面的次數等具體細節，呈現在龍案上。

他對蜀王是什麼態度、什麼心思，旁人不清楚，謙王作為自己的兒子難道還不清楚嗎？既然知曉，那便是明知故犯。

再想到四兒子之前說過的事情，衛韜冷哼了一聲。這個老三，早些年看還算安分，近年來，是越發不安分了。

怕是之前老四雇人刺殺老五一事，真是與他有關。

第二日早朝上，謙王就因辦差不力，被衛韜訓斥了一番。

謙王素來人緣極好，不少人站出來為他求情，有人甚至主動替他承擔罪責。瞧著底下官員的態度，衛韜越發惱怒，一併斥責了。

第二十五章

終於，到了蘇顯武和楊心嵐成親的日子。

蘇宜思最喜睡懶覺，但今日她早早就起來了，打扮了一番，等著迎親的人把她娘接到府中來。很快，接親的人回來了，整個國公府熱鬧非凡。

親眼目睹自己爹娘成親是種什麼體驗呢？蘇宜思也說不清楚自己是什麼感覺。這會兒看著滿目的大紅色的綢緞，她只覺得開心極了，眼眶也漸漸濕潤。

這一世，爹娘終於能順順利利在一起了，沒了之前的波折。雖說這樣的好景可能不長，可能會隨著她的消失而消失，但她知道，在某一個時空，這個遺憾是被彌補了的。

就在這時，放在身側的手被人牽了起來。

蘇宜思先是一驚，很快平靜下來。這觸感，很是熟悉，分明是他。

「你來啦！」蘇宜思笑著道。

「怎麼哭了？」衛景道。

他抬手給蘇宜思抹了抹眼淚。

「這親事不是妳一手促成的嗎？怎麼，不高興了？」

「是太高興了。」蘇宜思哽咽道，說完，才反應過來，很是疑惑的問：「你怎知這事是我促成的？」

衛景笑著道：「妳是本王未來的王妃，妳的事，便是我的事，我自然是知曉的。」

聽到這話，蘇宜思笑了。

衛景轉頭看向了那熱鬧之處，道：「妳眼光倒是比妳祖母和妳三叔好。楊尚書府雖然不如昭陽公主府門第高，但楊尚書人品貴重，前途不可限量。楊姑娘身分不及容樂縣主，性子卻是一等一的，與妳三叔很是相配。」

這話蘇宜思特別愛聽。她一直覺得爹娘是這個世上最相配的人，無奈沒人能理解。這會兒聽到衛景這樣說，立馬滔滔不絕說了起來。

說到最後，她道：「還是你眼光好，能看出來他們二人最相配。」

畢竟，爹娘在磨合之後，越發相愛。衛景不愧是將來要做皇帝的人，眼光極好。

「最相配嗎？」衛景蹙了蹙眉。「我倒是覺得，頂多算是第二。」

「嗯？那第一是誰？」蘇宜思有點不服。

衛景點了點蘇宜思的鼻頭，笑得一臉寵溺。「傻瓜，自然是妳跟我。」

蘇宜思臉又紅了起來。

這小丫頭也太容易害羞了，太勾人了。

瞧著不遠處忙活的眾人，衛景牽著蘇宜思的手，快速離開此地，去了一處僻靜之地。瞧著左右無人，便把小丫頭抵在一棵樹上，親了起來。

耳邊傳來的是新婚的喜慶，面前的人是自己喜歡的人。

蘇宜思想，若有一日，他們二人也能如爹娘一般成親，便好了。可惜，他們不是一個時空的人，注定不可能在一起。

衛景察覺到蘇宜思的異常，停下動作。

他看到面前的小丫頭已經淚流滿面。

「這是怎麼了？不舒服嗎？是不是我動作太——」

話還沒說完，脖子就被人圈住了，唇也被微涼又帶著芳香的唇瓣堵住。兩人不知親吻了多久方才停下。

這下子，紅的不僅是蘇宜思的臉，還有她的唇，像是塗了這世間最嬌豔的胭脂。

看著衛景眼中的情慾，蘇宜思躲進他的懷中，緊緊抱住他。

「就這麼喜歡我？」衛景啞著嗓子道。

蘇宜思雖沒回答，但卻在衛景懷中不住點頭。

衛景笑了，揉了揉她的頭髮，道：「那本王得早些娶妳回府了，若是再晚些，怕是要害妳得相思病了。」

話音剛落，只覺小姑娘抱得更緊了些。

最近幾次相見，衛景總覺得小丫頭怪怪的，時不時就會看著他發怔，甚至流淚。可他仔細查過，並未有什麼事情發生。而且，小丫頭看他的眼神充滿了深意，讓人有些看不懂。

「妳若是有什麼難處，或者有誰找妳麻煩，妳都要與我說，莫要一個人憋在心裡，聽到沒？」

「嗯，知道。」

蘇宜思現在是一刻鐘也不想與衛景分開，可她出來太久了，今日又是爹娘大婚之日，怕是一會兒就要有人找她了，所以，她不得不離開。

與衛景分開時，她很是不捨。

不捨的人又何止她，還有衛景。

「嘖嘖，九思，認識你這麼多年，我還是第一次見你對姑娘這般主動，這般動情。」

邵廷和很是感慨。

衛景長得好，無數姑娘來倒貼，不管是誰，他向來不假辭色，可今日，他卻看到衛景這般哄一個小姑娘，還特別急不可耐。

可見，當真是愛慘了那姑娘。

衛景收回視線，瞥了邵廷和一眼。「別想打她的主意。」

邵廷和怔了一下，隨即嚷嚷道：「九思，你這是什麼話，我又不是那樣的人！不對，我不過是多看了她一眼，你就這般，醋性也太大了吧！」

對於這話，衛景卻沒反駁，彷彿承認一般。

邵廷和本以為衛景剛剛那話在開玩笑，這會兒瞧著他的反應，卻發覺，或許並不是玩笑而是認真的，心中對剛剛那姑娘又多了幾分重視。怕是不久的將來，這小姑娘就要成為瑾王妃了。

「有事？」

「衛湛剛剛收到了蜀王的消息，換了身小廝的衣裳，悄悄從國公府後門出去了。」

衛景挑了挑眉。「咱們的人跟上了？」

邵廷和笑著說：「那是自然。」

衛景沈吟片刻，道：「我記得劉御史與衛湛有仇？」

邵廷和道：「可不是嗎，去歲淳玉郡主打傷了劉御史的小妾，致使她小產，而溫元青卻把責任推給了那小妾，還逼得小妾上吊自盡。劉御史找溫元青討說法，卻被謙王給攔下來，還勸劉御史息事寧人。」

「去把這個消息告訴劉御史。」

「好，我馬上讓人去。」

邵廷和轉身欲離開，走了兩步，又退了回來，看向衛景的眼神怪怪的，像是想說什麼，又猶豫要不要說。

「有話快說！」

邵廷和賊兮兮的說：「那個，九思，你唇上沾上姑娘家的胭脂了，還是擦一擦再去前面吧，免得讓人知曉了你採了安國公府的嬌花。」

衛景臉色有一瞬間的變化。

邵廷和見他欲發火，笑著跑掉了。

衛景之所以選中劉御史，自然不僅僅因為他與謙王有仇，還因為他看得清形勢。若是劉御史與王侍郎一樣糊塗，他自然是不敢用他的。

溫元青倒了楣，劉御史的仇算是報了一半，如今得知謙王密會蜀王，更是卯足了勁要抓住謙王的把柄。

劉御史知曉此事不能當庭說出，當晚就偷偷給皇帝遞了密摺。他是兩榜進士出身，文采斐然，把謙王與蜀王見面時的表情動作，連同臆測的心境都寫得很清楚，讓人腦海中一下子就浮現出場景。

衛韜大發雷霆。

第二日，謙王再次被訓斥，用的藉口是對臨京營練兵不力。這回可不僅僅是口頭訓斥，衛韜直接把臨京營的兵權收了回來，暫時交由蘇顯武管理。

一個月被訓斥兩次，又被收回手中的兵權，朝中人漸漸看出風向。有那本想跟著謙王混，想撈個從龍之功的，也暫時歇了心思，遠了謙王。

蜀王如今仍在京城。並非他自己想留下，而是被衛韜以各種理由拖住了。比如，給蜀地的賞賜還未準備好，再比如年關將近，大雪封路，路途遙遠恐生變故，想與蜀王一起過年。

蜀王已經能想到，過了年後衛韜依然會找藉口留人，比如，天氣寒冷，開春再走云云。雖不能走，但他不能坐以待斃。留在京城的這些時日，他悄悄見了不少舊部，聯絡了不少朝臣。謙王兵權被收回之後，他又聯絡了二皇子賢王、六皇子燕王。只可惜，賢王是個書呆子，他與他說如今的情勢，他卻與他討論經史子集。燕王被其兄長瑾王管控太嚴，一直沒能見著。

燕王在收到蜀王帖子時，確實是打算去見他的。只可惜，剛出了府門，就被他兄長給捆了回去，如今就被關在自己府中，連門都出不去。好在兄長也疼他，把戲園子裡的角兒都請到了他府裡，日日給他唱曲，還日日給他送醉仙樓的酒菜，活得好不愜意。

蘇顯武和楊心嵐成親第二日，蘇宜思睜開眼醒來，發現自己仍在這個時空中，鬆了一口氣。看來，爹娘成親並沒使她離開。

而蘇顯武在醒過來後，也急匆匆跑到她的院子中，見她還在，終是放了心。父女倆見面後，都讀懂了對方的意思，相視一笑。

「爹，您趕緊穿好衣裳，帶著娘去見祖母吧，今日要敬茶呢。」

「哎，好，我這就去。」

敬茶時，看著站在一起的一對璧人，蘇宜思越看越滿意。

吃過飯，母親被祖母留下來說話，蘇宜思便先離開了。出門時，她看到了剛剛陪在母親身側的丫鬟等在外面。

「見過姑娘。」

「若是你們院裡有什麼難處可與我說，若是三嬸閒了，也可來找我說話。」

等楊心嵐出來時，丫鬟便把剛剛的話說與她聽。

楊心嵐深深的看了一眼蘇宜思小院的方向。她總覺得，那位蘇姑娘對她格外熱情，從第一次見面時便是如此，如今她嫁進來了，她依然對自己熱情。若是旁人對她這般，她多半會不喜，可不知為何，她總覺得那位蘇姑娘很是親切，讓人不由得想要靠近。

「嗯，那位蘇姑娘是個善心人。」楊心嵐道。

楊心嵐嫁進來後，蘇宜思感覺府中更加熱鬧了，她平日裡有事沒事就往父母那個院子裡去，想幫著娘親快速在府中站穩腳跟，與娘親也漸漸熟悉起來。

瞧著母親所處的環境跟後來大不相同，蘇宜思也非常開心。真好啊，現如今的母親是時時笑著的。

臘月一到，年也就近了。

過了半個月左右，蘇顯武過來告訴她一個消息，年後他將要前往漠北了。他最近求了爹娘，又去求了皇上，今日皇上總算是答應了。

看著爹爹興奮的樣子，蘇宜思有些恍惚。來這裡之前，爹爹也是在某一日回到府中時，告知他們他將要去漠北了。那時的爹爹一改往日的頹廢，眼神中彷彿有星星。

今日的爹爹也是這般。

漠北，一直是爹爹想去的地方。記憶中，爹爹也是在成親後去了漠北，不過那時容樂縣主並未與他一同去，如今卻不知他是何打算。

「您若是去了，娘怎麼辦？」

蘇顯武想也沒想，道：「妳這話是何意，妳娘自然是與我一同去。」

聽到這話，蘇宜思笑了。

蘇顯武說完，臉上也有躊躇之色。「不過，也不知妳娘想不想與我同去漠北，就怕她覺得那邊太過荒涼，不想去。」

蘇宜思笑著道：「不會的，娘一定會跟著爹爹一同去的。」

蘇顯武鬆了一口氣。不過──

「那妳怎麼辦？妳隨我與妳娘一同去吧。」

蘇宜思倒是想去，在幾十年後她便同意去了，可她如今的身分，並不適合。而且，她不知何時就要消失了，她有些捨不得衛景。

「哼，又是衛景那廝！」

心思被猜中，蘇宜思面露尷尬之色。「也、也不是。」

「他若是敢負妳，爹定不會饒了他。」

「不會的。」

看著女兒對衛景的信任模樣，蘇顯武覺得心肝疼。

臘月二十九那日，皇上宴請朝中重臣及其家眷，共賀新的一年。今年，這帖子上竟然有了蘇宜思的名字，而且，聽宮中內侍說，是皇上特意加上的。

這般一說，眾人便明白過來了。看樣子，瑾王不知在皇上面前說了什麼，皇上想見見她了。

果然，在拜見時，衛韜仔細打量了她許久。

不過，剛見蘇宜思時，衛韜眼神中滿是震驚之色。蘇蘊萱他是見過的，可以說是從小看到大的一個晚輩。他有些明白為何這小姑娘在安國公府這般受重視了，雖說是族中的孤女，但想必因著這個相貌，也會被國公府厚愛。

「這就是愛卿認下的孫女？」衛韜轉頭問安國公。

安國公笑著說：「正是，思思雖是漠北來的，但性子極好，乖巧懂事，臣與夫人很是喜歡她。」

衛韜點了點頭，沒再說什麼，讓蘇宜思退下了。

退下後，蘇宜思才發現剛剛太過緊張，手心都出汗了。寒風一吹，後背也有些發涼。她連忙喝了一口熱茶，緩了緩。

等身上暖和了些，蘇宜思四處看了看，這才注意到衛景並不在大殿內。心中暗自思索，不知他究竟去了何處。

等過了一會兒，殿內開始表演歌舞。一個宮女走了過來，對她耳語幾句。蘇宜思與周氏說了一聲，出去了。

走出大殿，轉角處，她看到一個熟悉的人影，步伐便加快了些。

「你怎麼在這裡沒進去？」蘇宜思笑著問。

衛景卻道：「一進去那麼多雙眼睛盯著，我如何與妳說得上話。不如趁著尚未開席，咱們獨處一會兒。」

這話說得蘇宜思心花怒放。
衛景也不知從哪裡找來的紅色斗篷，披在她的身上，給她繫好帶子，這才牽著她的手去逛逛御花園。
天色已昏暗，御花園的景也看不真切了，但，身邊的人是心上人，心情自然是不同的。即便是景看不清楚，也覺得甚美。
走著走著，二人來到了一處僻靜之地。
雖然才幾日不見，但二人卻覺得許久未見了一般，此處無人，自然先是親熱了一番。
蘇宜思被親得面紅耳赤，不敢抬頭看面前的人。好在夜色正濃，她害羞的模樣也讓人看不清。此處背靠一棵大樹，樹影綽綽，擋住了風，倒是一處極好的說話的地方。
此時氛圍正好，兩人說起了話。不知怎的，說著說著，就說到蘇顯武身上。
「我三叔過了年就要去漠北了，他最近可開心了，他最大的心願就是去漠北，在戰場上殺敵。」蘇宜思笑著與衛景說道。
衛景嘀咕了一句。「走了最好。」
「嗯？」
衛景摸了摸蘇宜思的頭，笑著說：「沒什麼，我說，我也為他感到開心。」
確切說，是為自己開心。蘇顯武就是他與小丫頭之間最大的障礙，老是阻礙他去見小丫頭。認真說起來，蘇顯武去漠北一事，他私下也出了不少力。
「嗯，我也為他感到開心。」
衛景有些吃味的道：「妳與他關係倒是極好。」
蘇宜思笑著解釋。「那當然啦，是三叔把我帶到京城來的。」
衛景想，什麼時候小丫頭像信任蘇顯武一樣信任自己就好了。不過沒關係，等蘇顯武離開京城，小丫頭嫁給他，她最信任的人就會變成他了。
兩個人又溫存了片刻，衛景摸著蘇宜思的臉有些涼意，便打算送她回大殿去了。今晚，還要有一場大戲要開演，小丫頭在大殿內他才能放心。
兩人正待離開，突然，蘇宜思看著遠處，眼睛張大。
沒等衛景反應過來，他就被小丫頭推到樹上，而小丫頭則是擋在他的身前。緊接著，他聽到箭刺進肉中的聲音和悶哼。
那聲音極為微弱，卻刺在衛景的心尖上，痛到讓人窒息。
看著倒在自己面前的人，向來冷靜的衛景此刻方寸大亂，話也說不成句了。
「小丫頭……思思……」
說話時，眼淚也掉下來。自從八歲那年母妃去世，他就沒再掉過一滴淚了。
衛景跪坐在地上，抱緊懷中氣息奄奄的小姑娘。

蘇宜思第一次知道痛到極致是什麼感覺，連抬手的力氣也沒有，呼吸是痛的，話也說不出口。

聽著腳步聲由遠及近，衛景抬頭看了過去，眼神中冷光四溢，那樣子像是要殺人。而接下來，他放開懷中人，提起劍便欲砍過去。

看著衛景這樣子，蘇宜思忍住疼痛，抬手扯住衛景的衣袖。

見衛景垂眸看她，她搖了搖頭，張了張嘴，用微弱的氣息道：「不……要……」

她剛剛便是看到她爹拿起箭對準衛景，也知衛景提劍是想殺了她爹。來到這裡之前，衛景和她爹就互不對盤，她不能讓這狀況重演。

衛景看著懷中氣息微弱的女人，心如刀絞，連忙放下了手中的劍，抬手撫著她的髮，紅著眼眶說道：「妳……妳莫要再動，我……我……我去請太醫。」

他的手是顫抖的，聲音也是顫抖的。

蘇宜思有一種強烈的預感，她怕是不行了，有些話，她定要說清楚。

「你答應……我，不要……恨他……這裡面……咳咳……定有隱情……」

衛景抹著蘇宜思嘴角的血，心一下空了，他不能失去她，絕對不能！「妳莫要再說了，忍一忍，忍一忍，我這就去請太醫。」

蘇宜思搖頭。「衛景，你……你答應我！」

蘇宜思用盡力氣抓緊衛景的衣裳，眼淚不住往下流。「答應我……你答應我……」來這裡一遭，她不能害了她爹。

見她這副模樣，衛景終還是含著淚點了頭。

「思思……思思……」不遠處是她爹撕心裂肺的呼喊聲。

蘇宜思卻是沒力氣去看她爹一眼了。她的手漸漸鬆開衛景的衣裳，眼神也有些迷離了，在閉上眼之前，她說了最後一句。「衛景……你忘了我吧。」

看著軟在懷裡毫無生氣的小丫頭，衛景心痛到極致，一口血吐了出來，腦袋一痛，昏了過去。

「思思……思思……」

衛景從惡夢中驚醒過來。睜開眼，浮現在眼前的是自己的臥榻。

「主子，您終於醒過來了。」嚴公公在一旁激動得說道。

衛景瞬間清醒過來，想到昏迷之前發生的事情，臉色變得慘白。

「小……小……小丫頭呢？」平日裡一句再簡單不過的話，此刻卻顯得有千鈞重，說不出口。因為他怕聽到的消息不是他想聽的，怕聽到任何關於小丫頭的不好的消息。

問完後，卻見對方頗為詫異，問道：「小丫頭？是……主子指誰呢？」

瞧著嚴公公一臉呆怔的模樣，衛景皺了皺眉。

平日裡，阿嚴最是懂自己的心思，連他自己都沒察覺到對小丫頭的心思時，阿嚴便已經察覺。而如今，所有人都知道自己心心念念小丫頭，他怎麼卻開始裝傻充愣了。

這麼關鍵的時刻，他沒那麼多閒工夫與阿嚴說這些，便有些不耐煩的道：「思思！」

嚴公公看著自家主子那彷彿要吃人的表情，撲通一聲跪在地上。「主子恕罪，奴才不知您說的這位思思是誰。」

衛景眉頭皺起眉頭，大發雷霆。「你如今竟然敢不與本王說實話了？」

嚴公公跪在地上磕頭。「奴才不敢，奴才是真的不知思思是何人，奴才這就去查。」

衛景一言不發，低頭穿好裡衣。然而，剛準備繫裡衣的帶子，便發現了怪異之處。他數月前為小丫頭擋的箭傷竟然不見了。

雖覺怪異，他仍舊快速繫好了衣裳。眼下最重要的，是去看一看小丫頭。一想到那日小丫頭倒在他懷中的模樣，他的手就顫抖起來，鼻頭也微酸。

終於穿好裡衣，下人捧著一件湘妃色的華服進來。

看著這件早就被他丟掉的衣裳，衛景怒斥。「王府已經窮到這個地步了嗎，竟然把丟掉的衣裳拿過來給本王穿！」

這群奴才越發不得用了。

小丫頭不喜他穿這種顏色豔麗的衣裳，他早就讓人把他那些衣裳扔了。下人們跪倒一地。

不多時，又有人捧著衣裳送過來了，這回是件大紅色的。

又是被他丟掉的衣裳。

啪嚓一聲，衛景把桌子掀翻在地，茶杯、茶盞碎了一地。

「主子，您風寒剛好，莫要動怒。都是奴才不好，請主子責罰。」嚴公公在一旁請罪。

衛景閉了閉眼，忍住洶湧而出的怒氣，道：「去給本王拿件黑色衣裳。」

「是。」

待穿好衣裳，衛景讓奴才們滾出去跪著，只留了嚴公公一人。

「不管你為何不與本王說小丫頭是生是死，我只問你，那日在宮中本王昏倒後，小丫頭被誰帶走了？」

嚴公公仍舊一臉茫然。

衛景深深呼吸了一口氣，問：「是不是被蘇顯武帶走了？」

這個問題嚴公公能答上幾句。「蘇將軍？他半年前就去了漠北，尚未回京。」

衛景正欲往外走，聽到這話，愣住了。

「你說什麼？蘇顯武怎麼了？」

「蘇將軍成親後不久就去了漠北，一直沒回來。難不成他最近偷偷回京了？」嚴公公正色道。

「半年前？」衛景不可置信的問道。

昨日宮宴上他分明剛剛見過他。

嚴公公道：「是啊，蘇將軍去歲六月與容樂縣主成親，不久後就去了漠北，已經去了半年多了。」

「容樂縣主？」

「對……對，蘇將軍與容樂縣主成了親……主子，是有什麼不對的地方嗎？」

衛景盯著這個隨自己一起長大的內侍許久。

剛剛阿嚴不回答關於小丫頭的問題，他還可以理解，或許他是為了自己好，不敢告訴自己實情。可如今連蘇顯武的事情也開始胡謅了，是把他當傻子看？

蘇顯武娶了誰滿京城皆知，他十月剛和禮部尚書之女成親，哪裡會和容樂成親半年。

不對勁。

「本王昏迷幾日了？」衛景問。

嚴公公道：「您臘月二十九晚上用完宮宴回來時就有些不舒服，半夜高燒不退。今日是大年初二，約莫昏迷了三日左右。」

「本王不是在宮裡昏倒的？」
「您回來時好好的。」
「蜀王和衛湛聯合宮變一事呢？結果如何？」
嚴公公更詫異了。「他們最近雖說走得近了些，可沒收到宮變的傳聞。」
衛景想到了剛剛換衣裳時身上並不存在的疤痕，鬼使神差的問了一句。「四哥有沒有刺殺過我？」
嚴公公搖頭。「據之前所查，簡王的確恨您，在外也常常敗壞您的名聲，但行刺一事，確實並未做過。」
這件事情竟然從未發生過？
阿嚴是他最信任的人，不可能連這件事情也騙他，更不可能與旁人一起騙他。
扔掉的衣裳又回來了、刺殺一事沒發生、宮變亦未發生，蘇顯武娶了容樂縣主，沒有娶楊姑娘。
這時，外頭來人了，是邵廷和。
「九思，你終於醒過來了。」
衛景看向邵廷和，把剛剛的問題又問了一遍，問話時，他一直盯著邵廷和的眼睛看。
結果，邵廷和雖訝異，但全程表現得很自然，與阿嚴說的一般無二。沒有宮變、沒有刺殺、蘇顯武沒有娶楊姑娘。

活了二十幾年，衛景第一次發現這個世界與他想的不一樣，他陷入了巨大的恐慌之中。然，恐慌過後，他突然想到了一件事。既然那些事情沒有發生，那是不是表示，小丫頭也沒有受傷，她還活著？

這般一想，衛景面露喜色。

「你們可知蘇顯武從漠北帶回來的那個姑娘現如今如何了？是不是還在安國公府中？」

「漠北帶回來的姑娘？沒聽說啊。」邵廷和道，說著，他還看了嚴公公一眼。

嚴公公也是一臉茫然。

衛景道：「不可能，她長得與已故的安國公嫡女很像，如今住在安國公府中。安國公夫人特別喜歡她，走到哪裡都帶著她。」

邵廷和與嚴公公又對視一眼。

「竟有這等事嗎，怎麼從未聽人提及過？」邵廷和道。

衛景蹙眉。

「從前國公夫人喜歡帶著嫡女蘇大姑娘，自從蘇大姑娘故去，她便帶著蘇二姑娘，如今蘇二姑娘嫁入簡王府中，她便只帶著自己兒媳了。」

「蘇嫣嫁給了四哥？」

「是……是啊。」

這事主子不是早就知道嗎？而且蘇嫣給簡王下了藥，這等醜事還是被主子揭破的，為的就是噁心安國公府和簡王。

嚴公公也覺得奇怪了。

邵廷和說出嚴公公的心聲。「九思，你莫不是把腦子燒壞了，今日說話怎麼怪怪的？」

衛景內心掀起了驚濤駭浪。這一樁樁、一件件的事，與他所經歷的完全不同。

他不信，不相信。

衛景肅著一張臉去了馬棚，騎馬去安國公府。

安國公府的人對他卻像是看仇人一般，一個個冷臉相待。他問小丫頭的事，沒有人肯告訴他，他在前廳等了半個時辰也沒見著府中的主子。他不能再等下去了，他要親自去小丫頭住的地方看看。

在下人的重重阻攔下，他來到內院，那個小丫頭住的地方。

然而，那一處是個無人居住的院子，並不像他上次來的那般清靜雅致。

「這不可能……不可能……」

轉身，他就看到一臉怒容的周氏，後頭梳著婦人髮髻的容樂縣主匆匆趕了過來。

想到周氏對小丫頭的疼愛，衛景道：「夫人，求您了，告訴我思思去哪裡了，您把她還給我好不好？」

周氏冷著臉道：「我聽不懂瑾王殿下在說什麼。只是瑾王殿下今日擅闖我安國公府的內宅，明日老身得去宮裡問問皇上，這是何道理！」

轉頭，周氏就讓人把衛景趕出去。

看著緊閉的安國公府，衛景陷入自我懷疑中。

為什麼，這一切都與他經歷的不同，他該去哪裡找小丫頭。

雪落了下來，紛紛揚揚的雪落在臉上，冰冰涼涼，分不清究竟是雪還是淚。衛景在門口不知站了多久，站到雙腿麻木，渾身落滿雪，直到他再次昏厥過去。

再次醒來時，這個世界依舊如昏倒前一樣。

衛景也冷靜下來了。

他把嚴公公叫了過來。

聽著嚴公公說了這些日子發生的事，他漸漸明白過來。從前的事還是一樣的，事情是從蘇顯武回京開始，變得與他的認知不同。

確切說，是關於小丫頭的一切事情都不同了。

所有人都不記得小丫頭，只有他記得。

衛景不相信。

一個活生生的人不僅不見了，與她有關的事情也消失得這麼徹底。

小丫頭一直想讓蘇顯武與楊氏成親，破壞了楊氏與溫元青的婚事。可如今蘇顯武卻依舊與容樂縣主成了親。

「禮部尚書府家的女兒嫁給了誰？」

「溫元青。」

衛景臉色瞬間變得難看。

「新科狀元隨墨現如今是何官職？」

嚴公公沈默了。

「嗯？」衛景盯著嚴公公的眼睛看。

「隨大人過世了。」

衛景震驚極了。「如何死的？」

「隨大人家中遭了賊，那賊人行竊時被隨大人發現了，賊人捅了他一刀，隨大人流血過多，不治身亡。」

衛景腦海中回響起小丫頭說過的話。

「這位隨大人家裡錢財頗豐，人又得聖寵，體質也比較弱，您可得多派些人手保護他，免得他被人害了……」

小丫頭彷彿早就知曉了此事一般。

越想，衛景越害怕。

不，不是這樣的，小丫頭一定還活著，好好的活在這個世上的某一個角落，正等著他去找尋。

該去哪兒找呢？對了，漠北！她是在漠北被蘇顯武找回來的。

「本王要去漠北，你去收拾一下。」

「啊？主子，您身子尚未好索利，不宜遠行。」嚴公公難得勸了一句，卻見主子凌厲的目光看了過來，他頓時不敢再說什麼。

當晚，衛景便離開京城，朝著漠北去了。

半月後，他來到了漠北。

「喲，這是吹什麼風啊，竟然把咱們養尊處優，只會飲酒作樂的瑾王吹來了。」蘇顯武一照面就沒給衛景好臉色，兩個人從小就有仇，打了不知多少回，互相看不順眼。

若是從前，衛景對蘇顯武還有幾分敬意，可那日他親手殺了他心愛的姑娘，那幾分敬意如今全化作濃濃的恨意了。

衛景拔劍而起，朝著蘇顯武刺去。

他要殺了他，殺了這個殺人凶手！

蘇顯武雖說與衛景打了多次，卻沒動過真刀真槍，見衛景招招要致人死地，他也來真的了。

無奈衛景本就不如蘇顯武勇武，又舟車勞頓，根本不是蘇顯武的對手，全程被蘇顯武壓著打。

精疲力竭躺在地上的衛景道：「蘇顯武，總有一日，我要殺了你，為她報仇！」

蘇顯武收回劍，冷哼一聲，罵了一句。「神經病！」

說完便沒再理衛景，逕自離開了。

嚴公公看著自家主子的慘狀，心疼壞了。他真的不知道主子到底是怎麼了，自從那日從宮中回來病倒後，整個人就跟從前不一樣了。

隨後，主子又去了蘇氏族中，作為屬下，他們也不敢問。他們把蘇氏翻了個遍，也沒找著主子要找的人，主子像是瘋了一樣，整個人很是絕望。

主子再次去軍營中找蘇將軍了，可想而知，又被蘇將軍狠狠羞辱一番。

衛景在漠北的沙漠中吹了一個月的風，一無所獲。

而這個結果，他早就想過了，只是不敢承認罷了。

猶記得，他當初懷疑過她，便讓人查過她。可惜，以他的勢力，竟是一點都沒能查出來她的過往，彷彿，她是憑空出現一般。那時他懷疑她，便覺得這是一個藉口。到後來喜歡上她，更是沒問過此事。

如今，不正如她來時一般嗎？走得也是那般離奇。

她能未卜先知……來得突然、去得突然……這裡沒有人見過她……她不是這世間的人？

躺在沙漠中，衛景的淚再次流了出來，他抬手擋了擋。

閉上眼，衛景又想到了那日她消失前說過的話。

她叫他忘了她。

可一同走過的路，一起說過的話，一起談過的心……這輩子又怎可能忘記。

漫天的黃沙，孤獨的落日，漠北吹不盡的寒風……她不屬於這裡，讓他如何去尋她？

衛景心中升起濃濃的絕望。

捂住流淚的眼，衛景放下胳膊，手觸碰到腰間，那裡掛著一塊玉珮。

他驚訝得拿起來，對著落日的方向看了一眼。

這玉珮，竟然還在！

看著上面的「思」字，衛景在一瞬間又活了過來，他連忙坐了起來，仔細端詳玉珮。

沒錯，是那半塊玉珮，上面的字沒有消失。

若她不存在，這玉珮定然也如旁的東西一般消失不見，留給他的還會是那一整塊玉石。

可如今，卻是他請人打磨好的半塊玉。

他記得，母親說過，這是一塊姻緣石，用古字寫上二人的名字，定能生生世世在一起。

所以，她還在的，他定能找到她！

他們一定可以在一起！

在漠北逗留數月，衛景回了京城。他畫了蘇宜思的畫像，讓暗衛默默尋找。

隨後，他試圖把一切導回他認知的樣子。

他先是暗示安國公府，蘇大姑娘的死與嘉雲郡主有關，又提供已經作為蜀王側妃的王璃雲保存了線索這件事。只可惜，王璃雲並沒有拿出帕子，安國公府反倒對衛景更厭煩幾分。

即便如此，衛景也未曾放棄。他兜兜轉轉找到當年進貢絲線的人，縫製帕子的人，歷時半年，終於讓這件事情昭雪。

而衛湛一如當時，去安國公府當了說客。

然而，事情再次與之前不同了。安國公府對衛湛並沒有那般排斥，也沒把衛湛當蜀王說客這件事告訴父皇。

衛景只得慢慢把消息透露給父皇，他花費了很久的時間，才讓父皇厭棄三哥。

最終，衛湛還是與蜀王一同謀反了。

宮變那日，他們二人一同被射殺。

沒過多久，衛景登基了。

雖安國公府沒犯什麼實質性的錯誤，可他終究不是什麼大度之人，忘不了小丫頭是被誰一箭射死的，若是沒有那一箭，小丫頭還好好待在他身邊。

再者，宮變那日，安國公府竟毫無動靜，龜縮府中。難當大任，被降爵也是罪有應得。

不過，府邸他沒打算換，因為他怕小丫頭回來時，找不著回家的路。

再來就是容樂縣主與那侍衛的事，他記得小丫頭曾與他打賭，二人會不會在一起，小丫頭說會。既然小丫頭說會，那他就讓他們二人在一起。

容樂縣主與侍衛偷情一事，是他推波助瀾。

蘇顯武和楊氏的初遇雖不是他安排的，但後面的事情確實是他讓人做的，兩個人也順利成親了。

只是，他完成所有小丫頭想要做的事情後，卻仍舊沒有小丫頭的信息。

漫漫長夜，無盡頭，他何時才能再見到她。

第二十六章

蘇宜思沒想到自己竟然還能活下來。

她以為，中了那一箭，自己就死了。

她很慶幸自己活了下來。睜開眼睛的那一瞬間，她想到的是衛景終於不用恨她爹了，她醒了。

然而，看到屋內的陳設，蘇宜思這才明白自己身在何處。她竟然回到原來的時空中，再看身上的衣裳，正是她進宮那日穿的。

她回來了……

她還是回來了。

衛景該怎麼辦？那漫長的幾十年，他該如何熬過去？她再也見不到衛景了。想到這裡，眼淚再也控制不住，簌簌的往下掉。

許是屋內的動靜太大，在屋外做活的姜嬤嬤推門進來了。

「我的好姑娘，您這是怎麼了，怎麼哭得這般傷心？您今日不是跟著老爺去宮裡了嗎，難不成在宮裡受了委屈？」姜嬤嬤心疼的道。

蘇宜思正悲痛欲絕的哭著，聽到這話，愣了一下，眼淚也瞬間停止。

不對，她還能見著衛景，宮裡的皇上。想到皇上油盡燈枯的模樣，蘇宜思連忙穿上鞋，朝著屋外衝去。她一定要見他一面，告訴他她回來了。

「姑娘……姑娘……」

任憑姜嬤嬤在身後喊著，蘇宜思也沒有回頭。

到了放置馬車處，蘇宜思要了一輛馬車，再次朝著宮裡行去。雖說她剛剛出來，可再想進去，門口的守衛卻是不放行了。

「我是平安侯府的蘇宜思，麻煩您通報一聲。我有急事要見皇……不是，要見嚴總管，求求您了。」若她說要見皇上，怕是不會有人通傳，但嚴公公就好見一些了。

守衛互看了一眼，想到剛剛就是嚴公公身邊的內侍讓眼前這姑娘入的宮，兩人便讓人去通傳了。

兩刻鐘後，剛剛領著蘇宜思進去的小內侍急匆匆出來了，又領著蘇宜思入了宮。

小內侍快一步走在前，低聲道：「姑娘剛剛也瞧見宮中的情形了，今日總管大人心情不好，您最好真的有要事，不然可就倒楣了。」

蘇宜思道：「多謝公公提醒。」

很快，蘇宜思再次回到了大殿前，在門口，她看到了嚴公公。

再次看到嚴公公，蘇宜思心情有些複雜。

嚴公公說不出來面前的姑娘有何不同，明明一個時辰前剛剛見過，可現在的人卻跟剛剛不一樣了。「姑娘去而復返，可是有事？」

蘇宜思吸了吸鼻子，帶著鼻音的道：「我想見皇上。」

嚴公公頓了頓。

他知道皇上待面前這位小姑娘與旁人不同，也知道為何，只因，這小姑娘與主子要找的人樣貌無二，名字也一樣，又同樣出自蘇家，因此皇上對其另眼相待。

他也是看中了這一點，所以剛剛把這位姑娘請進宮裡，想要讓她勸勸皇上，好好吃藥，把身子養好了。她來了後，皇上確實精神了些，可又更添了一分死氣，他也不知，自己這般做究竟是對還是錯。

「您讓我再見見皇上吧。」蘇宜思看著緊閉的殿門，眼眶再次濕潤了。

看著面前的姑娘這般模樣，嚴公公還是讓她進去了。

蘇宜思顫抖著手推開面前的殿門，隨著輕微的「嘎吱」聲，殿門被打開了。她抬步走了進去，一步又一步，視線始終看著明黃的帳內。

那裡躺著的人，是她喜歡的人。

他等了她一輩子，找了她一輩子，一直到老也從未放棄。即便是身子快不行了，心心念念的也是她。

終究是她負了他。

雖兩次相見只隔了一個時辰，可於蘇宜思而言卻像是隔了千年萬年，千山萬水一般。她顫抖著手，輕輕拉開面前的龍帳。

她明明前一刻看到的，還是一張絕美而又年輕的容顏，現在他卻變成了一臉病容、蒼老而又死寂的模樣。於她而言，不過是短短一瞬，可於他而言卻是孤獨又漫長的一輩子。

蘇宜思再也忍不住，眼淚洶湧而出。

哭了許久，她拿起帕子擦了擦眼淚，抬起衛景的手，沙啞著嗓子喚了一聲。「衛景。」

嚴公公聽到這聲稱呼，目光瞬間變得凌厲。這小姑娘竟然敢直呼皇上的名諱！當真是恃寵而驕，就不怕掉腦袋嗎？

然而，下一瞬，他便聽到了一句令他震驚至極的話。

「你找了我那麼久，我終於來了，可你為何不睜開眼看看我呢？」

說著話，蘇宜思的眼淚再次流下，這一次，眼淚落到衛景手上。

衛景似有所覺，緩緩睜開了沈重的眼皮，看向了面前的小姑娘。他的眼神如剛剛一般，先是驚喜，復又失去了光澤，只緩緩道：「哦，是妳啊……小姑娘……妳又來了。朕不是剛剛吃過藥嗎……又要吃了？」

蘇宜思吸了吸鼻子，把眼淚憋了回去，輕聲道：「你不是最喜歡喚我小丫頭嗎，如今怎麼改了稱呼？」

衛景象是沒聽清一般，呆怔了一瞬。

「衛景，我不是跟你說讓你忘了我嗎，你為何要一直尋我？你是不是傻啊！」

雖是罵人的話，可躺在龍榻上的男人卻笑了。笑著笑著，眼淚都流出來了。

「妳回來了……終於回來了……我就知道妳一定會回來的……我等了妳一輩子……終於等到妳了……」

聽到這話，蘇宜思哭得更凶了。

嚴公公聽懂了二人的對話，撲通一聲跪在地上。

「恭喜主子，終於得償所願。」

再抬頭時，已是淚流滿面。幾十年前，皇上就一直在尋一位姑娘，可尋遍了大魏，卻找不著任何關於這位姑娘的消息。雖然皇上開始尋人時，這姑娘恐怕還未出生；雖然剛剛這姑娘還彷彿不認識皇上一般……可他知道，定就是這位姑娘沒錯了。

她符合一切主子所要找尋的人的特徵。

而且，他記得，年輕時，主子喝醉時，偶然間說過一句話，那話，他記到了現在。

「你們所有人都忘了小丫頭，只有我記得。」

「妳莫不是阿嚴找來誆我的吧……若真是騙我的……真是騙我的……」衛景仍有些不敢信。

正說著話，只見他的眼前出現了一塊玉珮。

「你送我的玉珮世間獨一無二，還能造假不成？」

蘇宜思也不知這玉珮為何跟著她回來了，剛剛在來的路上她就發現了，身上多了這塊玉珮。

見衛景低頭尋自己的玉珮，蘇宜思把兩塊玉珮合在一起。

「真的是妳，我的小丫頭。」

「是我，衛景，我回來了。」

自從那日進了宮，蘇宜思就沒再出去，她日日守在衛景身側，親手服侍他吃藥用飯。

衛景一眼不錯的盯著蘇宜思，生怕一閉眼，這一切就變成了一個夢，生怕面前的小丫頭又不見了。只可惜他身子不好，清醒的時候少，昏迷的時候多。

太醫本以為衛景病重，沒得救了，可在幾日後，卻發現他的病好了些。

這一日，衛景精神不錯，吃過藥，他沒睡，而是盯著面前的蘇宜思看。

他本以為這輩子再也見不著她了，沒想到竟還能再見，而且她還是年輕的模樣。

「妳何時知曉了從前的事？」衛景問。

蘇宜思拿起帕子給他擦了擦手，道：「那日從宮裡離開，我便昏了過去。再睜開眼時，就到了漠北。」

「怪不得我一直沒找到妳……」

多年沒有明白過來的事情，衛景終於明白了。

蘇宜思吸了吸鼻子。「幹麼一直找我，忘了我不好嗎？」

聽到這話，衛景嘴角牽起一抹笑，抬起手，想要摸一摸面前小姑娘的頭，手伸到一半，又縮了回去。

「這些事情怎麼可能說忘就能忘了呢……」

蘇宜思眼角瞥到衛景放下的手，咬了咬唇，憋住了眼淚。抓住那一隻蒼老的手，放到自己的頭上。

「你不是最喜歡摸我的頭髮嗎，可是嫌棄我兩日沒洗頭了？」

衛景揉了揉她的頭髮，沈聲道：「傻丫頭。」

蘇宜思哽咽的說：「再傻也沒你傻。」

等一個人等那麼多年，一般人根本做不到。

聽到這話，衛景又揉了揉她的頭髮。不過，這回他沒再說什麼，只是看著她笑，那笑容很是溫和。

這麼溫馨的場景，蘇宜思卻一絲都笑不出來，她張了張口，感覺喉嚨被什麼卡住了，生疼。她索性沒再說什麼，趴在衛景身上，抬手抱住他，眼淚流進了明黃色的被褥之中。

太醫說，他沒有多少時光了。

可他們才剛剛相見。想到這裡，蘇宜思抱得更緊了些，頭也埋得更深了。

屋外的陽光透過窗子照進來，屋裡明亮許多，只是，那陽光是斜射進來的。照在被褥上時，一半是陽光，一半是陰影。

年輕時的衛景便是一個聰明人，如今老了，做了大半輩子的皇帝，更是能看透人心。他如何看不出小丫頭的情緒，只是，如今的他給不了她任何的承諾。

雖她來得遲，可終歸還是來了，這幾日便是上天給他的恩賜，他已經了無遺憾。

平安侯府的四姑娘入宮之後就一直沒回去，外頭早已經有了流言蜚語，有人說她去伺候皇上了，也有人說她要嫁給太子了。

不管是哪一個，都不是蘇顯武想要的。他等了大半輩子才等到去漠北的機會，這一次他一定會走，而在京城這麼多年，早已經看遍了世間冷暖，他也要把女兒帶走。

這個京城是一個吃人的地方，他要讓女兒去一個自由廣闊的天地。

楊氏自然也是心疼不已。

等了幾日，宮裡終於同意讓楊氏入宮見女兒。

「我身子已經大好了，妳已經幾日沒回家了，今日便隨妳母親回去吧。」衛景道。

蘇宜思拿著湯匙的手一頓，又恢復如常，吹了吹勺中的藥汁，遞到衛景唇邊。許久，她都沒有回應衛景，像是沒聽到剛剛的話一般。

等用完藥，衛景問：「妳可喜歡漠北？」

蘇宜思想也不想，答道：「不喜歡。」

「可喜歡皇宮？」

「喜歡。」

「妳想不想做母儀天下的皇后？」

蘇宜思怔了一下，看向衛景。雖說這話是年老的衛景說出來的，可他就是他，他們是同一個人。她還是忍不住紅了臉，點了點頭。

「那我把妳許給太子可好？」

蘇宜思震驚的看向衛景。

衛景道：「太子是個好孩子，性情敦厚，若妳嫁給他，往後他定會善待妳。」

蘇宜思抽了抽鼻子，可眼淚還是掉了下來。她既委屈又難過，道：「誰要做皇后，我只想嫁給你。」

衛景笑了，抬手輕輕抹掉了蘇宜思臉上的淚，沈聲說：「又犯傻了。」

蘇宜思的眼淚卻流得更凶了。

「莫哭了，妳母親今日來了，一會兒瞧見妳，還以為妳在宮裡受了什麼委屈。」

蘇宜思拿出帕子抹了抹眼淚，漸漸停止哭泣。

「妳隨妳母親一起回去吧。」

蘇宜思收起帕子，收起面前的藥碗，道：「我哪裡也不去。」說完，轉身離開了。

晚上，蘇宜思又過來了。

衛景睡得昏昏沈沈的，聽到動靜，睜開了眼。看著面前的女子，道：「妳怎麼沒走？」

蘇宜思在龍榻旁站了片刻，下一瞬，掀開被褥，躺到了衛景身側。側身對著他，抱住他的胳膊，整個人靠在他身上。

衛景初時大驚，想要拒絕她，可當她真的靠過來時，卻說不出拒絕的話了。他終究，還是不捨得推開她。

「睡吧。」

楊氏進宮一趟，又回去了，女兒雖沒隨著她回來，一道旨意卻是來了。

蘇顯武被封為了鎮北侯。

這下好了，京城中關於蘇宜思的傳聞越演越烈，都說她要成為太子妃了。

蘇顯武聽完妻子的話，心頭急得如熱鍋上的螞蟻。他早該看出來，皇上對他女兒與旁人不同，而如今，女兒也深陷其中。皇上可是比女兒大了三十多歲，與他年歲相當。這衛景真不是人！馬上就要入土了，竟然還要染指他的女兒。得知女兒硬要留在宮裡伺候衛景的那一剎那，他只想提著劍去宮裡砍了衛景。

時隔多年，蘇顯武再次罵了衛景。他真是恨極了他。

然而，過了幾日，當宮裡傳出另一個消息時，他又疑惑了。

衛景竟然要在京城眾多兒郎中給女兒挑選夫婿。難道，是他誤會了？可若是誤會，衛景為何要封他為鎮北侯。

蘇宜思本以為自己的意思已經很明顯了，衛景當是明白才對。可沒想到，衛景竟然宣了幾個年輕的世家公子入宮，還安排與她偶遇。

蘇宜思氣極，去找衛景。

「你到底是何意？」

衛景正半躺在窗邊的榻前，聽到這話，看向她，笑著問：「妳看中哪一個了？」

瞧他這模樣，蘇宜思忍住怒氣，走過來，道：「太醜了，都沒看上。」

「那過幾日再換一批。」

「得比你好看才行，還得如你一般捨了命救我，如你一般等我幾十年，如你一般忠貞才行。不然還是算了吧。」

衛景的臉上始終帶著溫和的笑。

蘇宜思終於忍不住發了火。「衛景，我只要你，你別再把我推給旁人了。」說完，自己先哭了起來。

衛景看著蹲在面前哭得不能自已的人，道：「小丫頭，我快不行了，不能再陪著妳了。可在這個世間，我最放心不下的人就是妳，妳讓我放心可好？」

蘇宜思紅著眼眶道：「我什麼都答應你，唯獨這事不行。」

衛景還欲說什麼，面前的小姑娘卻站了起來，看向了窗外，道：「衛景，你口口聲聲說要給我找個好夫婿，那你為何突然來到窗邊看著外面的小花園？」

她剛剛就是在這小花園見到侯府公子的。

衛景愣了一下，笑了，道：「罷了。」

這事還是交給太子吧。他終還是無法看著她與旁的男子卿卿我我，即便是多瞧旁的男子一眼，他心裡也不舒服。

晚上，蘇宜思依舊抱著衛景入睡。

衛景的狀態越來越不好了，清醒的時候越來越少，昏睡的時候越來越長。

太醫雖未明說，但那意思是讓太子趕緊準備後事。

這晚，外頭突然下起了雨，衛景難得有清醒的時候，兩個人相擁而眠。

「小丫頭，若有下輩子，我希望還能再遇到妳。希望，生生世世與妳在一起。」

許是外頭雨聲帶來了寒意，蘇宜思抱緊了衛景。「我也是。」

衛景抬手摸著蘇宜思的頭髮。

蘇宜思沈聲道：「可我卻不希望你遇到我。」

「傻丫頭……等了妳這麼多年，我……甘之如飴。只是……希望妳下一次……早……早來一些……可……好？」

「好！」

「我……想……娶……妳……」

「我嫁你！」

衛景笑了，緩緩閉上了眼睛。「我累了……想睡一會兒……」

夢裡，是那一年秋天，他躲在樹後，聽到有個活潑的小姑娘在一直為他辯解。

皇上駕崩了，蘇宜思的心彷彿也跟著他走了。

那日，她死在衛景懷中，衛景也是同樣的心情吧。

蘇宜思被接回侯府中，不吃不喝，坐在窗邊的榻上發呆。她的眼淚，早就流乾了。

「人死不能復生，妳吃些東西吧。」楊氏看著女兒的樣子心痛不已。

「娘，我吃不下。」蘇宜思看著窗外說道。

「先帝定然不想看到妳這副模樣。」楊氏抹著眼淚道。

蘇宜思緩緩轉過頭，看向楊氏。

是啊，他不想。他想……

「娘，我想繡一件嫁衣，您幫我找絲線可好？」

先帝剛去，女兒就繡喜慶的嫁衣，這於理不合。可女兒終於不再是那般死寂的模樣，楊氏連忙應下了女兒。

熬了三天三夜，蘇宜思滿手是疱，終於繡好了一件嫁衣。

衛景下葬那一日，蘇宜思身著一襲紅色嫁衣隨他去了皇陵。她緩步邁上臺階，看著棺木，緩緩道：「衛景，我來嫁你了。」

那日，是蘇宜思第一次飲酒。只是沒想到，這酒這般烈，喝入口中辛辣無比，腹中也如火燒一般。

她生平頭一次知道，酒是這種滋味。

燒著燒著，漸漸的，她便沒了知覺。

不知過了多久，疼痛的感覺又再次襲來。不只腹部，還有胸部、背部，她忍不住咳了一聲，五臟六腑都像是挪了位置，痛到窒息。

隨著疼痛襲來，她緩緩睜開眼睛。

「醒了，醒了，蘇姑娘醒了，快去前院叫殿下。」

殿下？是誰？太子？

「小丫頭，你可算是醒了。」衛景臉上終於露出一絲笑意。

一個月，整整一個月了，衛景那張臉冷如寒鐵，無人敢靠近。

看清楚來人，蘇宜思說不出是什麼心情，虛弱又不確定的喚了一聲。「衛……景？」

衛景握住蘇宜思的手，道：「怎麼，昏迷了一些時日，連我也不記得了嗎？」

蘇宜思猶如在夢中，震驚極了。

她這是在哪兒？夢裡，還是現實？是不是她喝多了，產生了幻覺？應當是個夢吧，若不是夢，她怎可能又見到年輕時的他。

只是，胸口的疼痛實在難忍，她忍不住叫了一聲。「嘶！」

見狀，衛景著急的問：「還是很疼嗎？太醫，快去叫太醫！」

不一會兒，太醫急匆匆趕來了，給蘇宜思把了脈，開了藥，又離開了。

吃過藥，蘇宜思又睡下了。

第二日一早，蘇宜思醒了過來。睜開眼，依舊如夢中一般，看著屋內熟悉的陳設，她的眼淚忍不住流出來。手指狠狠掐了自己一把，疼痛從腿上傳來，一切都是那麼真實。

她不是在作夢，她是真的回來了。

聽著丫鬟和內侍的對話，再想到昨晚榻前衛景說過的話，她知曉自己竟然又回到了二十多年前，回到了被她爹射了一箭之後。

而她此刻已經昏迷了一個月。

回來了，她回來了。

蘇宜思忍不住哭出聲，哭著哭著，再次牽扯到傷口，傷口一疼，她更想哭了。

丫鬟瞧她如此，連忙去告知衛景。

宮變一事剛剛結束，後續還有很多事情要做。衛景日日忙得腳不沾地，但，只要有空，他就會來後院盯著，而且，每晚都會守在榻前。

衛景過來時，聽到哭聲，心都要碎了。

「可是傷口疼？」

蘇宜思沒回答他，一直不停哭，她費力的抱住衛景。「衛景，我好想你。」

衛景又是歡喜、又是心疼。「不哭了，傻丫頭，不哭了。我這不是在嗎？」

蘇宜思哽咽道：「衛景，我要嫁給你！」

聽到這話，衛景笑了，撫摸著蘇宜思的頭髮，道：「好，等妳傷好了，咱們就成親。」

說罷，頓了一下，又道：「好了，莫哭了，仔細傷口疼。」

蘇宜思仍舊在低聲抽泣。

「妳爹來過了，那日誤傷了妳，他很是愧疚，這一個月憔悴了許多。」

對了，她爹，她爹那日為何要射衛景。蘇宜思抬起頭看向了衛景。剛想開口，又突然發現了衛景的稱呼，瞬間瞪大了眼睛。

衛景如何知道蘇顯武是她爹……

難道……

衛景看著蘇宜思的眼睛，認真的說：「我不是說過嗎，要生生世世與妳在一起。」

蘇宜思聽懂他話中的意思，剛停下的眼淚又流了下來，她顫抖著唇，一時竟不知說什麼好。

衛景的額頭抵住蘇宜思的額頭，沈聲道：「一個月前，我睜開眼，看到妳滿身是血躺在我懷裡，既慶幸又害怕。慶幸的是，我還能再見妳，害怕的是我來晚了，還好妳醒過來了，還好……還好……」

衛景是真的怕了。

睜開眼看著滿身是血，躺在懷中的人，他覺得自己又死了一回。搞清楚自己所處的時間段時，他覺得倒還不如死了算了。記憶中，小丫頭被這一箭射死了，她若死了，他一個人活著還有什麼意思？再孤獨活一輩子嗎？

好在小丫頭傷勢雖重，但保住了命。

上天待他還是不薄。

聽到衛景的話，蘇宜思咬著唇，淚流滿面。

半個時辰後，蘇宜思見到滿臉鬍渣，憔悴至極的蘇顯武。

「爹……」

蘇顯武愧疚極了，這一個月日日睡不著覺。

「是爹對不住妳。」

「爹，您快別這麼說了，九思剛剛已經與我講了，不怪你，要怪只能怪謙王。」

那日宮宴，蘇顯武被謙王叫出去。就在他們二人說話時，蘇顯武看到了拿著刀想要刺向蘇宜思的黑衣人。他想也不想，拿起旁邊的弓箭就欲射過去，就在這時，他的胳膊被人碰了一下，箭朝著一旁偏去。

這一切都是謙王的計謀。

謙王本想著利用蘇顯武除掉衛景，讓安國公府與皇上發生矛盾，便於他們行事，卻沒想到蘇宜思替衛景擋了那一箭，那一晚，他們的謀劃失敗了。

謙王和蜀王鋃鐺入獄。

蘇宜思受了重傷。

因著她替衛景擋了那一箭，又因安國公府在宮變中奮不顧身護駕，衛韜終於答應衛景與蘇宜思的婚事。

「是爹信錯了人。」蘇顯武痛心道。

蘇宜思握住了他的手，笑著說：「爹，都過去了。」

說完，又道：「不過，您可能暫時去不了漠北了，女兒要與衛景成親了，您可得等我們成了親再去。」

「好！」蘇顯武應道。此次變故，他算是看得清楚明白，衛景才是那個值得女兒託付的人。

二人的婚期定在三月。

初春時節，萬物復甦，適合辦喜事。

謙王入獄後，眾人終於知曉為何瑾王從小就與謙王作對了。原來，是與瑾王母妃的死有關。

瑾王的母妃竟是被賢貴妃害死的，年幼的謙王為賢貴妃做了偽證。從那以後，謙王便入了賢貴妃的眼，養在賢貴妃身邊。

也因為此事，瑾王恨極了這二人。

上一世，衛景用了數年才讓賢貴妃和謙王認了此事。重活一世，衛景不想再把時間浪費在這些人身上，在他與小丫頭成親前，便解決此事。

蜀王、謙王、賢貴妃……相繼伏法，或幽禁、或一條白綾，總之不可能再翻身。

陽春三月，惠風和暢，魚躍鶯啼。

天氣暖和，大家漸次出來活動。

安國公府嫁女。

皇家娶媳。

他們已經有多年沒見過這般盛況了。

蘇宜思坐在閨房中，看著銅鏡中的自己，嘴角微微翹起，眼睛也笑彎了。

真好，她終於可以名正言順嫁給他了。

聽著外頭的吵鬧聲，她知道，是他來了。

是夜，蘇宜思頭上的蓋頭被人掀開了，呈現在眼前的是一張俊美的臉。

這個人近兩個月越發沈穩了，只是今夜怎地又像是回到了少年時候。

「怎麼喝了這麼多酒？」

「我開心。」

「喝酒傷身，以後少喝。」

「好，本王往後都聽王妃的。」

這一句話，卻叫蘇宜思紅了臉。

衛景湊近了她，啞著嗓子道：「小丫頭，我等了兩輩子了，終於等到了這一日。」

看著衛景的眼神，蘇宜思心頭一跳。往日裡，她不是沒見過衛景這副模樣。有時，他們親得久了，衛景就會這般看她。可，從前看過，可從未更進一步，今日卻——

「你……你……你……做什麼？」蘇宜思的心怦怦直跳，話說不成一句。

衛景笑了。「妳說呢？」

蘇宜思抿著唇，耳朵、脖子都紅了起來。

衛景揮了揮手，紅帳落下，遮住一室的春色。喜燭燃得盡興，夜還長，從今以後，他們還有大把時間。

番外

新婚第二日蘇宜思是在衛景的懷中醒過來的，她聽到了些動靜，感覺有人一直在摸她，癢癢的，她卻睏得怎麼都睜不開眼。

「別吵，讓我再睡會兒。」蘇宜思道。聲音軟糯甜膩，讓人聽了心生搖曳。

「好，妳再睡會兒。」頭頂響起一個沙啞的男聲。

蘇宜思正準備繼續睡，突然反應過來自己昨日已經成親了，瞬間睜開眼睛。

一睜開眼就看到正滿含笑意看著她的男人。

衛景這張臉真的是長得過分好看了一些，雙目含春，鼻梁高挺，唇色嫣紅，髮絲烏黑濃密。

蘇宜思本想說些什麼的，可看到他這一張臉頓時失語，魂都要被他奪去了。

衛景看著小丫頭看他的眼神，忍不住笑出聲。

她怎麼可以這麼可愛！衛景低頭親了親他的小丫頭。

面前的俊臉突然湊到眼前，自己被人親了一下，蘇宜思還有些懵，眨了眨眼。

衛景瞧著她這模樣，心想她真的是太可愛了，讓他怎麼都看不夠，恨不得把她放到自己的身上隨時帶著，永遠不分開。

他知曉自己昨晚過於孟浪了，今日不該再這般胡鬧，可他實在是忍不住，又低頭狠狠親上了面前如桃花般誘人的唇瓣。

唇上傳來的力道太大，蘇宜思終於回過神來，伸手推了推他，示意他停下來。

衛景還算是有一絲理智存在，沒再繼續，但他也沒放開懷中的小丫頭，緊緊抱入懷中。

蘇宜思在他懷中蹭了蹭，找了個舒服的位置。

不多時，門外響起一個戰戰兢兢的聲音。「王……王爺，王妃，該……該起了。」

這已經是第三次來叫人了。

前兩次是王府的嬤嬤過來的，被衛景訓斥了一番，這一次換了人，換成了蘇宜思身邊的人。

衛景濃眉微蹙，正欲出聲訓斥，蘇宜思阻止了他。

「時辰不早了，咱們還得去宮裡謝恩敬茶。」她總算是想起昨日嬤嬤交代的事情了。

衛景心頭的不悅一下子被她軟聲撫平了，他有一下、沒一下的摸著懷中人的頭髮，道：

「不想起。」

蘇宜思失笑。衛景活了兩輩子，加起來得七、八十歲了，平日裡看著很是穩重，如今竟然也有這般孩子氣的一面。

「從宮裡回來再睡。」蘇宜思哄他。

衛景看著懷中的人，別有深意的沈聲道：「那妳陪我？」

蘇宜思的臉一下子脹得通紅，但還是細聲應了一句。「好。」

其實她也沒睡夠。

衛景笑了。

收拾妥當後，二人出門了。

剛出了正院的門，衛景就發現小丫頭跟不上了，他站在原地等她，回頭看了一眼。

「都怪你！」蘇宜思嬌嗔一聲。

衛景挑了挑眉，隨後，直接把她打橫抱起。

蘇宜思沒料到他會這般，嚇得瞪大了眼睛，看了看四周下人的眼神，拍了拍他，提醒。

「王爺，你快放我下來。」

「不放。」

「大家都看著呢。」

聽到這話，衛景停下了腳步，轉頭看向身後。「誰敢看？」

衛景身為王爺本就自帶一股威壓，活過一世重生後，身上的威嚴更盛。只看了一眼，身後的下人便沒人敢抬頭，全都低著頭不說話。

就這般，蘇宜思被衛景抱著上了馬車。

不過，等到了宮裡，蘇宜思便拒絕衛景抱她。

宮規森嚴，他若是敢抱著她，估計不到一個時辰就會傳遍宮中的大小角落，她還不得被訓斥嗎？

衛景便由著她了。

兩刻鐘後，他們在宮裡見到了衛韜。

跟去歲比，衛韜彷彿一夜之間老了很多。於他而言，最近幾個月發生了太多事了，自己喜歡的兒子與蜀王一同謀反，寵愛的貴妃又做了那樣的事情。他原本是對蘇宜思的身分不滿意的，因著她救了自己兒子，又因為安國公府在那日三皇子謀反時的貢獻，倒是對她滿意了幾分。

「你二人以後定要好好相處，琴瑟和鳴，延綿子嗣。」

「謹遵父皇教誨。」

衛韜說了幾句話，賞了些東西便讓他們二人退下了。

等出了門，蘇宜思時不時按一下自己的腰。

衛景一不小心就走快了些，瞧著跟在他身後強撐著的小丫頭，他又如在府中一般直接打橫將她抱了起來。

「你快點放我下來！」蘇宜思嚇得說道。

「不放！」衛景拒絕了她。

「我剛剛不是與你說過了嗎，這裡是宮裡，不能這樣。萬一被皇上和宮裡的娘娘知道了就不好了，旁人看到了也要傳閒話的。」蘇宜思小聲提醒。

衛景卻不言語，低頭看了看面露緊張的小丫頭，甚至低頭親了她一下。

這下子，蘇宜思更加緊張，雙眼瞪得大大的，不可置信的看著面前的男人。這人怎麼比從前還不規矩了。

「妳若是再說，本王還要親妳，親到妳不敢說為止。」衛景沈聲道。

蘇宜思嚇得趕緊用雙手捂住了自己的唇，滿眼控訴。

衛景笑了。

他做了一輩子的皇帝，壓抑了一輩子，如今好不容易跟喜歡的人在一起了，他還在意旁人的眼光做甚。至於父皇和宮妃，更不用怕了，這些都是虛的。

「怕什麼，若是父皇訓斥，本王給妳擋了便是。」

這一世，他定要護住自己的小丫頭，誰也別想欺負她。

蘇宜思本想再說些什麼的，但是，看著面前這個身形高大，為她遮風擋雨之人，心頭的那一點忐忑不安漸漸散去了，取而代之的是溫暖。

從今往後，她便不再是一個人了。

她緩緩抬手，緊緊圈住了面前人的脖頸，把頭埋入了他的胸前。

看著懷中小丫頭的舉動，衛景無聲的笑了。

正如蘇宜思所想，不到一個時辰，整件事情就在宮裡傳開，而不到一日的工夫，在整個京城都傳遍了。上至皇家官宦，下至平民百姓，所有人都知道瑾王有多麼寵愛自己的王妃。

有好奇之人想要去王府拜訪一下，譬如邵廷和，直接被擋在府門外。

「王爺有令，謝絕訪客，公子過幾日再來吧。」

邵廷和看著緊閉的府門，很是無語。他這個好兄弟啊，原本性子冷得很，可自從遇到了這位王妃，就像是變了一個人似的。幾個月前，王妃為他擋了一箭，他整個人就更是不同了，處事果決，算無遺漏。一番努力後，總算迎娶了心愛的人。

可天天把王妃藏著不讓人見是怎麼回事，他又不是壞人，不可能看一眼就讓瑾王妃少塊肉。

嘟嘟囔囔說了幾句，邵廷和離開了。

衛景等一個人等了這麼多年，好不容易相聚，自然是能守在身邊就守在身邊，尤其是現在新婚燕爾，只恨不得一直在一起才好。

回府後，蘇宜思想去休息一下，衛景跟著。

見衛景也想要躺床上，蘇宜思嚇了一跳。想到昨晚的事情，她嚇得連忙爬了起來。她這會兒身上還有些難受，可不能再這般了。

衛景挑了挑眉。「怎麼不睡了？」

蘇宜思眼神游移。「那個……我忽然想起來還沒見府中的管事，我得見見。」

衛景道：「管事們一直在府中，又不會跑，不著急。」

蘇宜思道：「那不行，還是見見吧。」

衛景笑了，伸手把她按在床上，湊近她道：「怎麼？怕本王要做些什麼？」

蘇宜思臉色微紅，緊張的道：「不，不是，王爺誤會了。」

瞧著她緊張的模樣，衛景如何猜不到她心中所想，他抬手捏了捏她的鼻子，道：「我又不是狼，怕什麼。本王昨晚也沒睡好，想陪著妳睡一覺。」

「當……當真？」

衛景忍不住低頭親了親她的唇。「自然是真的。」

他失而復得的姑娘，他怎麼可能忍心傷害。他也知自己昨晚孟浪了些，只是，他想了她一輩子，念了她一輩子，實在是沒克制住。

他低頭在她耳邊沈聲道：「妳放心，本王即便是再想，也不會在這時候，等妳身子好了再說……」

蘇宜思的臉色更紅了，不過倒是安心了些。

「睡吧。」衛景拍了拍蘇宜思的頭。

蘇宜思安心的閉上了眼。

衛景也在一側躺下，看著面前面色紅潤，呼吸綿長的小姑娘，他那一顆孤寂了許久的心慢慢活了。

衛景和蘇宜思在府中待了三日，蘇宜思去哪裡他就去哪裡。

蘇宜思見管事，他便拿本書坐在一旁看書。

蘇宜思見丫鬟、嬤嬤，他就在外頭坐著。

若是聽到誰對蘇宜思大聲說了幾句，他便抬頭看過去，嚇得這些管事、嬤嬤們都戰戰兢兢的不敢高聲說話。

蘇宜思看書繡花，衛景便拿公務在一旁處理，外院的書房反倒是閒置了。後來，索性把旁邊的房間改為書房，還開了扇小門，與臥室連在一起。

雖然蘇宜思出身國公府，但畢竟是從族中帶過來的，有些人便瞧不上她的身分。但，眾人看出來他們家王爺對王妃的重視，沒有人敢在她面前造次。

第三日便是回門的日子了，一大早他們便坐著馬車前往安國公府。

安國公府眾人如今對衛景的態度與以往大為不同。

有些人是因為衛景對蘇宜思好，而更多的人是看清楚了形勢。

三皇子參與了謀反，如今成年的皇子中，當數五皇子最能幹，將來的皇位基本上就是五皇子的了。而他們安國公府之前與三皇子來往過密，反倒是對五皇子多有忽視，如今可不得端正態度，好好待他嗎？

衛景和蘇宜思二人到時，安國公和國公夫人率眾人在外面迎接他們。

「見過瑾王、瑾王妃。」安國公在衛景夫婦行禮前先行禮了。

衛景抬手扶住了他。

「見過國公、國公夫人。」衛景道。

「見過祖父、祖母。」蘇宜思道。

雖然衛景知曉面前這兩位是自家王妃的祖父、祖母，可如今在年歲上他們也就差個二十來歲，如何能叫出這樣的稱呼。

「大叔、大嬸，二叔、二嬸，三叔、三嬸。」蘇宜思道。

大家年歲差不多，這些稱呼衛景更是叫不出口了，便只微微彎腰。即便是他只做到了如此，眾人依舊嚇到了，連忙側身，不敢受禮。

蘇宜思在大廳坐了一會兒，便被楊氏叫了過去。

到了小院裡，楊氏盯著她看了許久。

「三嬸這是在看什麼呢，可是我有什麼不妥？」蘇宜思問。

楊氏回過神來，道：「我都聽夫君說了，妳……妳真的是我的女兒嗎？」

雖然這件事情聽說了已有幾日，此刻仍舊不能平復。

蘇宜思早就想告訴楊氏了，就是怕她不能接受所以才沒說，由父親說出來也好。由此也能看出來，如今父親和母親的關係極好，不然父親不會跟母親說這樣的秘密。

「是，娘，我是您的女兒。」蘇宜思的眼眶一下子紅了。

她從出生就與母親在一起，可自從來了這裡，就很少見到母親。而且，初時母親也並不算喜歡她，對她、對父親有著諸多的誤會。

想到母親，蘇宜思的眼淚緩緩落了下來。

「妳……」楊氏本想勸慰她幾句的，可不知為何，看著面前的姑娘落淚，她心頭也覺得難受忍不住落下淚來。

她終於明白為何初見時便覺得這姑娘有些熟悉，也明白了為何對她莫名有些親近，以及這個小姑娘為何從第一次見面就對她格外熱情。

沒想到竟然是自己的女兒。

母女倆哭了一會兒，楊氏緩過來，拿起帕子擦了擦眼淚，抬手摸摸面前小姑娘的頭。

那日她母親也曾跟她說過，這個姑娘的眉眼與她有些像。她聽夫家說小姑娘與那早逝的小姑子很像，便沒把母親的話放在心上，覺得是母親看岔了。

怪不得這姑娘是孤女身分，卻和自己的丈夫親厚，原來，她的父母就是自己與丈夫。想到自己的女兒從不同的時空而來，來這裡受了不少苦，她心裡就有些難受。

蘇宜思看著母親眼裡的疼惜，撲到她懷裡。

即便是長大了，她依然不想跟母親分別。如今母親得知真相，於她而言，多少有一些寬慰。

明明二人差不多年歲，可這一刻，楊氏卻覺得懷中的姑娘是個小丫頭。

兩人又抱著哭了一會兒，說了不少話。

算起來，楊氏嫁過來也沒多久，此刻仍算是新婦。雖與夫君間關係和睦，但總有些忐忑，此刻便問出來自己很想知道的問題。

「那個，往後的我與妳爹關係如何？」

聽到這個問題，蘇宜思笑了。「爹爹與娘親關係好極了，他很喜歡娘親，自從與娘親成親，就再也沒喜歡過任何一個姑娘，家裡連個通房、侍妾都沒有。」

沒有通房、侍妾……楊氏沒想到他們夫妻二人的關係能好到這樣的地步。

「當……當真？」楊氏有些不確定。普通人家的男子尚且難以做到，她夫君貴為國公府公子，竟然能為她做到如此。

蘇宜思點頭。「自然是真的。爹爹對娘親比對女兒還好呢，讓女兒好生吃醋。」

至於父親和母親成親之前的那些波折，她就不跟母親說了。若是父親覺得可以說，便讓父親去說，總歸這是兩個時空，那些不愉快的事情也沒發生，說了，只會平添知曉事實之人的煩惱。

楊氏臉色微紅，不知說什麼好。

下一刻，就聽面前的姑娘道：「可是娘親最喜歡我了，比喜歡爹爹還要喜歡。」

楊氏抿唇笑了笑。「嗯，娘親最喜歡妳。」

這姑娘著實討喜，長得好看不說，性子也好。雖然名義上是從族中來的，可國公府上下都喜歡她，如今就連向來冷漠高傲的瑾王也待她極好，幾乎把她寵上天。

若她真的是自己的女兒，她定然也是極喜歡的。

看出母親的擔心，為了促進爹娘之間的感情，蘇宜思道：「娘親放心，爹爹這輩子最喜歡的有二。」

聽到這話，楊氏臉上露出認真的神情，仔細聆聽。

「其一，自然就是母親。其二，是行軍打仗，他每日心心念念的就是去漠北打仗。」

去漠北嗎？這件事情丈夫倒是年前曾經跟她提起過，後來就不了了之。

「偷偷告訴您，爹爹之前一直在漠北，這回是被祖母騙回來的，回來後，他便一直想要回去。他的心早就不在這裡，飛往漠北了。娘，您一定要跟著爹爹一起去。」

楊氏抬頭看向蘇宜思。

在丈夫第一次跟她說的時候她就猶豫過，她剛剛成親，是該跟著丈夫去漠北，還是留在京城伺候公婆。此事也回娘家與母親商議過，母親建議她留在京城，選個老實本分的丫鬟跟著他去漠北，但她自己有些想跟過去。

楊氏抿了抿唇，道：「可妳祖父、祖母尚在，妳爹爹去了漠北，我得留下來替他盡孝。」

蘇宜思道：「娘不必如此想，上回爹爹跟我提起時，他說要帶著母親一起的，難道母親想要違背爹爹的意思嗎？」

楊氏問：「他真這樣說？」

蘇宜思道：「自然是真的。」

楊氏緩緩點頭，心中已然有了主意。她本就想跟著去，既然丈夫也這樣說，她就不必再去理會旁人的看法了，總歸日子是她與丈夫在過。

兩人正說著話，正院那邊來了個丫鬟通報。「見過王妃，見過三夫人。」

「前面可是有什麼事？」楊氏出口問道。

小丫鬟看了看楊氏又看了看蘇宜思，道：「王爺與侯爺說了會兒話，瞧見王妃不見了，正在找王妃。」

想到那些傳聞，再想到剛剛瑾王看女兒的眼神，楊氏頓時會意，笑了笑，道：「王爺怕是有事找妳，快去吧。」

蘇宜思有些遲疑。她好不容易見著了自家母親，還想多說說話的。畢竟，後半晌他們就要回去了，爹爹怕是馬上就要去漠北，兩個人見面的機會不多了。

「可我還有話沒跟您說完。」

楊氏握了握女兒的手，道：「一輩子那麼長，咱們總會有說話的時候，不著急的。現如今我知曉了那些事，咱們之間自然是與以往不同了。」

蘇宜思想了想，道：「嗯，我一會兒再來看您。」

「好。」

跟楊氏道別後，蘇宜思朝著院門走去。剛走出院子，就瞧見了站在樹下等著她的男人。

男人本肅著一張臉的，可在瞧見她的那一刻，臉上的表情卻生動起來，整個人也變得鮮活。

「王爺找我有何事，我還沒跟母親說完話呢。」蘇宜思抱怨似的嘟囔了一句。

下一瞬，她就被抱入懷中，頭頂也想起吃味的聲音。「沒什麼事，就是太久沒見著妳了，想見見妳。」

聽到這話，蘇宜思心頭的那一絲不滿突然就不見了，心裡也如同注入了一股暖流。

「哪裡久了，才不到半個時辰。」

衛景頭埋入蘇宜思的脖頸中，嗅了嗅她身上讓人安心的味道，低聲道：「是嗎，才半個時辰，可我卻覺得度日如年，生怕妳又突然不見了。」

溫熱的氣息噴薄在脖頸中，癢癢的，麻麻的。這一刻，蘇宜思鼻頭一酸，一滴眼淚從眼眶中滑落。

是了，他在毫無希望的日子中孤獨的等了她幾十年，於她而言不過是睡了一覺罷了，對他來說卻是兩輩子。

想到這些，蘇宜思抬手回抱住衛景的腰身，抬手撫摸著他的後背，緩緩道：「我在呢，以後都不會走了。」

「嗯，我知道。」

可是他怕。怕一切如一場夢。

怕醒來又回到了沒有她的日復一日。

微風吹來，一樹的桃花落下，紛紛揚揚。樹下的年輕男女相擁，此意境美得讓人不捨得去打擾。

尋常世家官員成親婚前放假幾日，婚後三日去岳家回門，第四日就要上朝了。有些敬業的一日假也不放，照常去上朝點卯。瑾王卻一連半月都不曾上朝，也沒去衙署點卯。

不僅如此，他也沒出府門，日日待在府中，謝絕見客。

這下好了，全京城都知道瑾王是真的很滿意自己的媳婦，自從成親就不出門了。

初時，蘇宜思很開心，日日跟自己喜歡的人在一處，看書、繡花、喝茶、賞景，不管做什麼都樂在其中。

她每日早上都要睡到巳時才醒過來，幸而府中沒有長輩，不然不知要被說成什麼樣子。

仔細想想，成親這半個月她似乎什麼都沒做，除了吃飯睡覺就是看書、繡花，府中的管事就見了一回，還沒搞清楚他們的職責是什麼。作為一個主子，自己活得實在是太失敗了。

而衛景呢，似乎也日日與她一起，沒做什麼正事。

看著鏡子中自己眼含春水，面如桃花的模樣，她覺得不能再這樣了。夫妻和睦是好事，可既然成親了，得幹些正事才好，晚上她得跟衛景好好說說。

晚上，漱洗完，下人們都退下去了，床幔也被放了下來。

瞧著身側的男人翻身過來，蘇宜思連忙道：「等一下！」

衛景應了一聲。「嗯？」

「等……等一下，你先……先……躺回去，躺好！」說著話，蘇宜思躲開了衛景，朝著裡面躲去，與衛景拉開距離。

衛景微微蹙眉，一把把人拉了回來。

蘇宜思哪裡是他的對手，一下子就被按住了。

「你……」

「躲那麼遠做甚，王妃有話直說便是，我聽著呢。」

蘇宜思又躲了躲，沒躲開，漸漸的就放棄了，至於想說什麼也忘了，在他懷中睡著了。

後面幾日，她又試圖勸說了一番，每次都以失敗告終。

半個月後，衛韜實在是看不慣兒子這番做法了，把他叫去皇宮，提醒了一番。

至此，瑾王的身影終於再次出現在朝堂之上。

衛景去上朝那日，蘇宜思激動得含淚相送。

諸位大臣們還沒來得及高興瑾王結束了婚假，馬上就開始苦不堪言。他們發現，如今的瑾王跟從前不一樣了。從前的瑾王尚有幾分稚嫩，成親後的瑾王氣場全開，身上的青澀不見了，取而代之的是老練毒辣，對政務的見解很是老道，辦事效率也極高，連一些老臣都自愧不如，整個朝堂不過三個月的時間就被他全面整治肅清了。

對於兒子能幹的舉動，衛韜並未覺得受到威脅。

因為他發現這個兒子雖然比從前能幹了，但卻從未逾矩，更比從前還要老實許多。上完朝就回府，從不私下接見任何朝臣，也不去籠絡朝臣，就連他的岳家安國公府，也不見他走動。

漸漸的，對於兒子太在意兒媳一事，衛韜也就睜一隻眼、閉一隻眼了。

而邵廷和在求見多次之後終於得以入府，他把心頭的疑惑問了出來。「九思，為何咱們要把那些親近咱們的人拒之門外？」

衛景抬眸瞥了他一眼，道：「如今已經沒有兄弟能跟我爭了，我再去籠絡朝臣，豈不是在跟父皇作對？這般內耗又有何意義？不如把目光放長遠一些，多關注關注鄰國的事情，收復百年前丟失的國土。」

這番話讓邵廷和自愧不如，覺得自己格局小了。

「以後朝中的事情就不用關注了，你多去打探鄰國的動向。」

「是，王爺。」

又過了一月，邊關又有了些異動，蘇顯武被派去漠北。臨走之前，衛景和蘇宜思去了安國公府送行。

蘇宜思和楊氏自然又是一番抱頭痛哭，蘇顯武則是把女兒正式交到衛景手中。

「你一定要好好待思思，若是我發現你敢欺負她，我不管你是誰、是什麼身分，定要上門打得你爹娘都認不出來！」

「你放心，我比任何人都要珍視她。」衛景承諾。

臨走前，衛景看著蘇顯武，認真道：「若是夫人有了身孕，記得立馬給本王來信。」

蘇顯武頓時一怔，他懂衛景在說什麼。

「嗯，知道了。」

蘇顯武和楊氏一同去了漠北，蘇宜思既為爹娘的離開感到傷心難受，又為爹爹終於實現了自己的理想感到欣慰。

不過楊氏還未有孕，這邊蘇宜思先有了動靜。

她與衛景成親不到三個月就診出有兩個月的身孕，這效率著實高。這個結果雖然讓人有些意外，但也在情理之中，衛景日日纏著她，不懷孕才怪。

得知蘇宜思懷孕那日，衛景是既開心又有些憂慮。開心的自然是喜歡的姑娘與他共同孕育了子嗣，憂慮的是，女子懷孕十月，異常辛苦。而他，也不能如以前那般靠近小丫頭了。

看著衛景想要繼續又不得不忍住的痛苦神情，蘇宜思不厚道的笑出聲。

「笑什麼？」衛景黑著臉道：「見妳家夫君這般難受妳就這麼開心？以後有妳後悔的時候。」

蘇宜思臉脹得通紅，打了他一下。「渾說什麼！」

自從蘇宜思懷了身孕，衛景看顧得就更緊了。

在世家貴族，若是女子有了身孕，多半會與夫君分床而居，同時也要為丈夫準備侍妾。蘇宜思自然是不會幹這樣的事，而因著沒有長輩，也沒人說她什麼。衛景更不會離開，日日與蘇宜思宿在一起。到了懷孕後期，他每晚都會給她端茶遞水，捏一捏腫脹的腿，比那些年長的嬤嬤還會伺候。

來年二月，春暖花開之際，衛景與蘇宜思的第一個兒子誕生了。

前一日晚上蘇宜思便感覺到不舒服，府中早已有四個穩婆準備著。當晚，衛景又讓人拿著令牌把太醫院所有擅長婦科的太醫請進府中。

折騰了一晚，黎明之時，孩子終於生了下來。

長子出生的那一刻，朝霞滿天，紅透了半邊天，甚至有不知從哪裡來的五彩鳥繞著王府飛了許久。

這一異象整個京城都看到了，京城附近的城池雖然沒看到五彩鳥，但也看到紅透天的朝霞，瞧見的人，全都跪在地上，此異象也被史官記載了下來。

得知是瑾王府的小世子降生，眾人心中各有想法。

這件事不僅成為了百姓們茶餘飯後的談資，在百官中也流傳開來。

蘇宜思雖然沒瞧見這些異象，但身邊的嬤嬤告訴她了，且府中的下人們也一直在談論。

她也不知這究竟是怎麼回事，但聽說滿京城都在討論，有些擔心。

晚上，蘇宜思跟衛景說了此事。「任流言這般傳下去會不會不好？」

畢竟，那些流言隱約在說這是祥瑞，真龍天子，豈不是要威脅到當今皇帝的帝位。

衛景倒是很開心，他看著躺在床上笑得格格笑的兒子，道：「無妨。這些流言並非是咱們讓人傳的，而且，大家討論的也是事實。」

莫說百姓和朝臣，就連他自己那天也是萬分驚異。那五彩鳥來得實在是太突然了，消失得也無影無蹤，他心中隱約覺得，會不會是因為小丫頭。

見衛景不擔心，蘇宜思也就不再想這件事情了，總歸有衛景在，她很放心。

孩子洗三那一日，整個朝堂上的朝臣全都送來祝賀。有收到帖子的能進府看看，沒收到帖子的也送來了賀儀，在門外沾沾喜氣。

衛韜也來了。

瑾王府就在京城之中。那日，得知瑾王府第一個孩子即將降生，衛韜很早就醒了，也因此，他見證了那一盛景。因為是自己在位時出現的祥瑞，所以他很開心。而且，這個還是自己孫子降生時，天上降下來的祥兆，他更是覺得此子不凡，大魏後繼有人。

雖然宮妃中不乏挑撥離間之人，但衛韜並未放在心上，甚至舉行了祭天儀式，告慰神靈和祖宗。在祭天儀式上給孩子賜了一個名字，祐，感謝神靈和祖宗的庇祐。

與衛韜和百官以及百姓的欣喜不同，衛景並未過多關注兒子。他在想，既然兒子已經出生了，是不是就意味著小丫頭在這裡生根發芽了，再也不會離開他了？

等到衛祐三歲時，在祖母的抱怨中，蘇宜思終於發現了一件不同尋常的事情。父親、母親已經成親四、五年了，為何還沒有孩子。是因為她的來到，所以他們沒了孩子，還是其他什麼原因？

蘇宜思把疑惑告訴衛景，衛景沒說話。在她問了數次之後，衛景終於說實情。原來，並不是因為她的到來，導致她爹娘沒了孩子，而是他們二人故意為之。他們害怕若是真的有了孩子，蘇宜思會消失，所以二人很少親近。

得知此事後，蘇宜思一晚上沒講話。第二日一早，她給爹娘寫了一封信，讓人送去了漠北。

不管她是否會消失，她總不能剝奪爹娘做父母的權利。而且，若是長久不親近，他們之間的感情又如何能長久？萬一被有心人鑽了空子就不好了，她不能做一個自私的人。

因為此事，她與衛景整整三日沒講話。她不喜衛景不告知她此事，而衛景不想她勸蘇顯武夫婦。但最終還是衛景先低了頭，若他的小丫頭真的會消失，他豈不是在浪費兩個人相處的時間？

從這日起，原本已經沒那麼緊盯著妻子的衛景又再次時時刻刻盯著。

等到半年後，從漠北傳來楊氏有了身孕的消息，衛景更是連朝都不上了。

彼時衛韜已經去世，衛景登基成為了新帝，國不可一日無君，他作為皇帝又怎能如此任性。

蘇宜思勸了他許多日，他才去上朝，不過，在大殿的一側弄了個圍簾，方便他時時刻刻盯著他的皇后。

朝臣們不明所以，以為皇后要垂簾聽政，私下去找新帝說了，結果卻被新帝罵了回去。

上朝的時間短則半個時辰，多則一個時辰，有時若是遇到了大事，兩個時辰也是有的。而上朝的時辰又比較早，每每蘇宜思還在睡夢中，就被人叫醒了。

蘇宜思實在是受不了了，在殿上待了一個月就死活不去了。

衛景也絲毫不妥協，只要蘇宜思不去，他也不去。

蘇宜思實在是沒法子了，轉頭看著一旁寫大字的兒子，計上心頭。

「祐哥兒是我生的，若我真的消失在這個時空，他肯定也不會在了。不如你每日帶著他去上朝，只要他在，我肯定也在的。」

衛景思索了片刻，覺得很有道理，所以第二日起，便一大早帶著兒子去上朝了。

這個小皇子可是帶著祥瑞出生的天選之子，朝臣們看到他，都閉上嘴不說話，還對他萬分恭敬。

兒子跟著他上朝三月後，衛景突然發現自己兒子異常聰慧，雖然年紀小，識字不多，但朝堂上的事竟然也漸漸聽懂一些。於是，他的視線又轉移了一些，思索著該如何培養兒子。

自從楊氏懷了身孕，蘇宜思就常常給她去信，詢問她身子如何，與她說孕期需要注意的一些事，楊氏也會與她說些邊關的事情。

當看到楊氏的信中說起一事時，蘇宜思拿著信去找衛景了。

蘇宜思很少會來前面的大殿找衛景，一般衛景辦完事就會回去，不用她找，他自己就主動回去了，今日倒是奇怪。

衛景聽說小丫頭來了，心中一緊，生怕有什麼不好的事情發生。待她進來時，瞧著她面上的笑容，他放心了些。看來不是什麼壞事，當是件好事。

蘇宜思朝著衛景晃了晃手中的信，笑著道：「皇上，你輸了。」

衛景挑了挑眉，接過信件看了看。

「容樂縣主身邊的護衛雲台，三年前投身我爹麾下，屢立戰功，如今已是四品武將，想必他與縣主的親事也不遠了。」蘇宜思得意道。

多年前，他們二人曾打過賭。蘇宜思認為他們二人會在一起，而衛景認為按照昭陽公主的性子，不可能同意這門親事。

可事實證明，他們二人就是要在一起了。

「你可別忘了，輸的人要答應贏的人一件事。」衛景簡單看完信，笑了。別說是打賭了，即便是二人沒這個賭約，他也會答應她所有的事情，不過，有些話不必明說。

「好啊，皇后想讓朕答應妳什麼？」

蘇宜思抿了抿唇，眼神中滿是狡黠。「那便答應我，為他們二人賜婚吧。」

衛景失笑。

以他那個姑母的性子，這門親事還有得磨，若他賜婚，他們二人即刻就能成親。

「所以，說到底皇后是靠著朕才能贏的？」

蘇宜思的小心思被戳破，尷尬的咳了兩聲，眼神也有些游移。「怎麼可能，就算你不幫我也贏定了，他們注定是會在一起的。」

注定嗎？他不會告訴她，他們二人前世能在一起，其實也是他幫的忙，就讓她這般相信愛情的美好吧。總歸只要是她想要的，他都會幫她實現。

衛景一把抓住蘇宜思的手腕，把她帶入自己懷中，低頭親了親她的嘴角，沈聲道：「朕何時說不幫了？皇后求人也該有個求人的樣子才是。」

雖然二人成親多年了，可有旁人在場，蘇宜思還是會臉紅，她坐在衛景懷中，抱著衛景的脖頸，親了一下他的臉頰。

「這樣行了嗎？」

衛景故意板著臉道：「此事難辦，皇后又不是不知，我那姑母很是難搞。」

蘇宜思看出衛景是故意的，但是，容樂縣主和雲台年紀不小了，又蹉跎了這麼多年，她想讓他們二人趕緊成親，成全這一對有情人。

她再次拉下衛景的脖頸，這一次對著他的唇親了一下。

親完，問：「這樣——」

後面的話還沒說完就被吞入腹中。

小嬌妻好不容易主動一回，衛景又如何忍得住，頓時便回應了她。殿內伺候的內侍和宮女們早不知在何時就已經悄悄離開了。

蘇宜思在殿中待了兩個時辰，直到天色將黑，才坐著鳳輦與衛景一同回了自己的殿中。

第二日一早，衛景就下了道聖旨賜婚了。縱然昭陽公主對這個女婿不滿，可一則是皇上賜婚，二則女兒年歲也不小了，便只好應了。

衛景前幾個月還好好的，誰之等到了楊氏預產期那幾日，說什麼都不上朝了，日日陪在蘇宜思身側，寸步不離。恰好蘇宜思再次有孕，給了衛景一個好的藉口。

幾日後，邊關快馬來了信，楊氏生了一個兒子，母子平安。

衛景終於鬆了一口氣。

蘇宜思也鬆了一口氣。

不過，這樣的事情後來又發生了一回。某一日，衛景突然不去上朝了，一整日都盯著蘇宜思，晚上甚至沒睡覺，不錯眼地盯著她。

無論蘇宜思怎麼問，他都沒說。

過了那一日，蘇宜思實在是忍不住，再次問了他緣由。

衛景把她抱入了懷中，道：「因為昨日是妳前世出生的日子。」

蘇宜思頓時愣住了。如今國公府正盛，爹娘感情甚篤，子女雙全，萬事順心，日子過得舒服，她已然把原先那些事情忘了，可面前的男人卻清楚得記得每一個日子。

她看著面前這個比自己還要愛自己的男人，眼眶漸漸濕潤了。

衛景抱著她親了親。「真好，妳還在。」

蘇宜思笑著流淚。「真好，你也在。」

往後的日子還很長，他們有一輩子的時間可以互相陪伴。

衛景登基後，政治清明，河清海晏。國力一步步增強，百年前丟失的國土，漸漸收了回來，大魏達到了前所未有的繁盛期。

可他卻在年富力強之時退位，太子衛祐繼位。

衛祐這位伴隨著祥瑞出生的皇帝與衛景的性子雖有相似，但又有所不同。

衛景在位時收復失地，而衛祐則是野心勃勃，像極了衛景年輕時的樣子。他不斷擴張國土，不僅發展中原地區，還促進了沿海的貿易發展。大魏在他們二人的帶領下，空前強盛，萬國來朝。

史書上是這樣評價他們父子倆的。

兩位皇帝都為大魏的繁榮強大做出了突出貢獻，只可惜衛景太重兒女情長，失了帝王的野心。

不管史書如何評價，衛景知曉，這一生他過得很滿足。

——全書完

2022年5月出版

吃飯娘子大

文創風 1061～1062

在這古代真是啥事都有！
大宅小院的糟心事，夏魚沒興趣也懶得管，
但看到惡鄰虐女，她怎樣都得插手幫一把，太欺負人了！
不過最讓她稱奇的是，金貴的螃蟹在古代竟成了沒路用的東西，
開玩笑，這螃蟹可是極品食材，她不好好利用，豈不太對不起廚師的頭銜了？

酣暢雋永，暖胃暖心／眠舟

對夏魚這個小廚師來說，要她燒燒火、炒炒菜是小事一樁，
她也以為日子會這樣順風順水地過，沒想到一次意外穿越古代，
一睜眼就要她沖喜嫁人，對象還是個家徒四壁的病癆子！
看相公一身病弱樣，要她拋夫離家實在不忍心，
那她就留下來幫他煮些料理補一補！
等他把病養好，她再跟他和離也不算無情了。
孰知她的算盤打得響，人生卻偏偏不照劇本走，
一些不屑跟她打交道的鄰居吃過她做的菜，變臉比翻書還快，
她在村子突然成了大紅人，人人搶著上門聞香，
俗話說飯香飄千里，這一飄就飄到城鎮裡，
一家人因緣際會搬到鎮上，火速擄獲貴人的胃，也結交不少知心好友，
看著賺得盆滿缽滿的銀子，夏魚只覺得美滋滋的，
豈料這紅火的名氣也引人覬覦，麻煩事接著上門……

文創風 1069

三流貴女拚轉運 下

國家圖書館出版品預行編目資料

三流貴女拚轉運 / 夏言著. --
初版. -- 臺北市 : 狗屋出版社有限公司, 2022.05
冊 ; 公分. --(文創風 ; 1068-1069)
ISBN 978-986-509-328-0(下冊 : 平裝). --

857.7 111005081

著作者 夏言
編輯 黃暄尹
校對 沈毓萍
發行所 狗屋出版社有限公司
地址 台北市104中山區龍江路71巷15號1樓
電話 02-2776-5889～0
發行字號 局版台業字845號
法律顧問 蕭雄淋律師
總經銷 知遠文化事業有限公司
電話 02-2664-8800
初版 2022年5月
國際書碼 ISBN-13 978-986-509-328-0

定價260元
狗屋劃撥帳號：19001626
網址：love.doghouse.com.tw E-mail：love@doghouse.com.tw